Inhaltsverzeichnis

W0062743

"Es wird nämlich in diesem Roman (I promessi sposi) an einem Ereignis die ganze Struktur eines Volkes aufgerollt, und da hab` ich mir gedacht, diese Flucht ist das Ereignis, an dem ich die Struktur des Volkes aufrollen kann."

Anna Seghers, 1967

"Wir haben die Gewißheit, daß die antifaschistischen Aktivitäten und die Unzufriedenheit wachsen. Über die unter schrecklichen Bedingungen kämpfenden Männer und Frauen erfahren wir nur etwas, wenn sie gestorben sind, wenn - sofern die Exekutionen öffentlich bekannt werden - die Namen der Märtyrer genannt werden. Die Strafmaßnahmen Himmlers weisen auf den wachsenden Widerstand und den verstärkten Kampf gegen das Regime hin, unter dem Deutschland leidet... Es bildet sich, trotz der schrecklichen Opfer, eine nationale Front des Kampfes gegen die Naziherrschaft heraus."

Anna Seghers, 1943

Vorwort

Mit dem Roman "Das siebte Kreuz" hat sich die Autorin Anna Seghers in die deutsche Literaturgeschichte eingeschrieben. Spricht man über Exilliteratur, so *muß* von ihrem Werk gesprochen werden. Warum das so ist, hat vielerlei Ursachen. Jede Analyse, jede Interpretation, jede Besprechung wird immer nur Aspekte des Ganzen betrachten und untersuchen. So können wir uns annähern an diese Komposition, indem wir einzelne Bestandteile betrachten, wie die Sprache, die literarische Technik, die Motive, die Fabel. In der Summe der Einzelheiten entsteht immer etwas qualitativ Neues, das zu weiteren Auseinandersetzungen mit diesem Werk reizt und vielleicht auch das Geheimnis dieses Romans darstellt.

Mit vorliegender Interpretation wird stellenweise Neuland betreten. So wird die Titelmetapher ausführlich untersucht, die Widmung des Romans wird erstmals ideologiekritisch auf den Inhalt bezogen, und es wird die Frage gestellt, inwiefern dieser Roman der Absicht der Autorin, die Struktur des deutschen Volkes mit Hilfe der Fluchtfabel aufzuzeigen, gerecht wird. Zur Beantwortung dieser Frage werden die Personen des Romans ausführlich interpretiert und im historischen Zusammenhang betrachtet. Somit kann die historische Bedingtheit von Autorin und Romanwerk verstärkt herausgestellt werden. In der Biographie werden vor allem die politisch-ästhetischen sowie ideologischen Positionen der Autorin herausgearbeitet und in ihrer Wirkung auf das literarische Werk untersucht. In diesem Zusammenhang muß auch über den Bund proletarisch-revolutionärer Schriftsteller (BPRS) gesprochen werden, dem Anna Seghers seit 1929 angehörte.

In der Abteilung "Materialien" werden Texte vorgestellt, die den historischen Kontext beleuchten helfen.

I. Das Werk

1. Der Inhalt

Der Roman "Das siebte Kreuz" von Anna Seghers stellt neben "Transit" wohl das bedeutendste Werk der Schriftstellerin dar. Die Autorin zeichnet in ihm ein Bild des nationalsozialistischen Deutschland im Herbst des Jahres 1937. Aus dem Konzentrationslager Westhofen sind sieben Flüchtlinge ausgebrochen. Um die anderen Häftlinge abzuschrecken und die Wiedereingefangenen zu quälen, läßt der Lagerkommandant Fahrenberg sieben Platanen kuppen und zu Kreuzen herrichten. Der Gestapo gelingt es schon nach kurzer Zeit, vier der entflohenen Häftlinge einzufangen. Ein weiterer stirbt, bevor er sein Heimatdorf erreicht, während der sechste Flüchtling sich freiwillig der Gestapo überstellt. Nur dem kommunistischen Mechaniker Georg Heisler gelingt die Flucht in die Freiheit nach Holland. Das siebte Kreuz bleibt leer. Es wird zum Symbol der Hoffnung und des Widerstands. Die scheinbare Allmacht des diktatorischen Regimes hat eine Niederlage erfahren, die zum moralischen Sieg der Ohnmächtigen wird.

2. Die Titelmetapher

Der Titel des Romans "Das siebte Kreuz" steht programmatisch für die erzählte Geschichte.
Die Zusammensetzung von Symbol (die Zahl Sieben) und Metapher (Kreuz) gibt einen Hinweis auf tiefere Schichten, die für die inhaltliche Erschließung des Romans von Bedeutung sind.

2.1 Die Zahl Sieben

Die Zahl Sieben spielt in nahezu allen Weltkulturen eine bedeutende Rolle. Im Judentum, im Christentum sowie im Islam symbolisiert diese Zahl die Vollkommenheit. So ist der siebte Tag Gott zu weihen (2. Mos. 20,10). Die sieben Augen Jahwes deuten auf seine Allwissenheit (Sach. 4,10). Im Judentum finden wir den siebenarmigen Leuchter, und siebenfach ist der Glanz der Sonne im messianischen Zeitalter (Jes. 30,26). Das Vaterunser enthält sieben Bitten, der Heilige Geist besitzt sieben Gaben, und wir kennen sieben christliche Tugenden.

Im Islam muß der Gläubige siebenmal die Kaaba umgehen, und der siebte Himmel ist der Ort der letzten Verklärung. Die Zahl Sieben beinhaltet aber auch eine Ambivalenz. In der Apokalypse weist sie sowohl auf das Göttliche als auch auf das Infernalische. Augustinus spricht von den sieben Todsünden und den sieben Sakramenten.

Im alten Babylonien war die Sieben das Zeichen für die Ganzheit, für die Fülle.

Sieben ist eine Rundzahl, die für groß, viel oder alles eingesetzt wird. Das Kreisen der sieben Planeten ist Ausdruck kosmischer Ordnung, die sich auch in den sieben Tönen, den sieben Farben und in den mit Planetennamen versehenen Wochentagen widerspiegelt.

Die indische Religion kennt sieben Weltgegenden und sieben Jahreszeiten. Buddhas wichtigste Lebensstufen sind mit der Sieben verbunden: Sieben Schritte gleich nach der Geburt, siebenmal umwandelt er den Bodhibaum. In Griechenland war die Zahl dem Apollon heilig, darüber hinaus bildet sie eine Art Superlativ: sieben Weltwunder, die sieben Tore Thebens. Nach Hesiod ist der siebte Tag für Aussaat und Schiffahrt glückverheißend. In der Gnosis repräsentiert die Sieben das Schicksal, im Märchen ist sie Ausdruck der Totalität: sieben Geislein, sieben Zwerge, Siebenmeilenstiefel.

Diese kulturellen Überlegungen lassen darauf schließen,

daß die Autorin die Zahl Sieben in der etymologischen Tradition der Rundzahl verwendet, wie vollkommen, total, allmächtig. Diese Zahl geht sowohl in den Inhalt ein: Sieben Flüchtlinge entkommen aus dem KZ Westhofen, sieben Tage dauert die Flucht, sieben Kreuze werden errichtet als auch in die Gestaltungsform des Romans: Sieben Kapitel strukturieren den Roman, sieben Tage der Flucht werden beschrieben.

Gleichzeitig wird mit der Zahl Sieben der Totalitätsanspruch des nationalsozialistischen Regimes hervorgehoben. Fahrenberg will die Allmacht der Diktatur ihren Feinden vergegenwärtigen, indem er sieben Kreuze aufstellen läßt, um seine Opfer an den Schandpfählen zu quälen und zu erniedrigen. Niemand soll der Rache und dem Willen der Diktatur entgehen.

2.2 Das Kreuz

In der Kulturgeschichte der Menschheit finden wir das Kreuz als Symbol für die Gegensätze zwischen Himmel und Erde. Der Kreuzmittelpunkt bildet gleichsam das kosmische Zentrum. Im spekulativen Denken wird in ihm die Verbindung des geistig-männlichen (Vertikale) mit dem materiell-weiblichen Prinzip (Horizontale) verstanden.

In der Bedeutung eines kosmischen Zeichens - für die Sonne und ihren Lauf oder für die vier Himmelsrichtungen - findet es sich als Radkreuz und als Hakenkreuz schon in vorgeschichtlicher Zeit und als vierarmiges Kreuz in Altmesopotamien und Altamerika. Das griechische und lateinische Wort für Kreuz (stauros, crux) bezeichnen zunächst einen Pfahl, an den die zum Tode Verurteilten gebunden wurden; das Kreuzigungsholz und das kosmische Kreuz standen in vorchristlicher Zeit in keinem Gedankenzusammenhang.

Das Holz des Todes wird im christlichen Glauben zum Auferstehungssymbol und Heilszeichen, nachdem Paulus im "Wort vom Kreuz" (1 Kor. 1,18) das Heilsgeschehen zusammengefaßt hat. Schon in frühchristlicher Zeit erblickte man im Gebetsgestus mit ausgebreiteten Armen das Kreuz. Für die Kirchenväter war das Kreuz ein Zeichen des Sieges (topaion, Trophäe) über die Mächte der Finsternis und des Todes. Die Vierzahl wird als Ausdruck der Universalität des im Kreuz geoffenbarten und damit symbolisierten Heils anerkannt. Zur künstlerischen Gestaltung Christi am Kreuz kam es erst, nachdem unter Kaiser Theodosius d. Gr. (347-395) die Kreuzigung als Strafe endgültig abgeschafft wurde und somit keine negativen Assoziationen mehr auslöste. Seit dem 11. Jahrhundert wird das Kreuz auf den Altar gestellt, und seit dem Hochmittelalter wird der kreuzförmige Grundriß von Kirchen (Längsschiff und Querschiff) als Abbild des Gekreuzigten gedeutet. Bei den Feldzeichen wie auch im Volksglauben (Herrgottswinkel, Wegkreuz) werden an das christliche Symbol oft magische Erwartungen geknüpft.

Mit der literarischen Gestaltung des Kreuzes greift die Autorin auf mehrere Ebenen der historisch-kulturellen Bedeutung zurück. Zunächst sind die im KZ errichteten Kreuze Schandpfähle für die wiedereingefangenen Flüchtlinge. An den Kreuzen werden sie gedemütigt und erniedrigt. Das Kreuz symbolisiert die Macht über Menschen, über ihr Leben und ihre Würde. Es ist das offensichtliche Sinnbild der Menschenverachtung und demonstriert gleichzeitig die archaische Rückwärtsgewandtheit der nationalsozialistischen Ideologie.

An den christlichen Bedeutungsaspekt wird einerseits angeknüpft (Wallaus Martyrium), andererseits wird dieser abgelehnt (Georg Heisler im Dom). Die Menschen gewinnen ihre Zuversicht aus dem Sieg des Lebens über die lebensbedrohenden Mächte.

3. Die Widmung

Der Roman "Das siebte Kreuz"

"ist den toten und lebenden Antifaschisten Deutschlands gewidmet".

Demnach könnten wohl alle Personen, die die Flucht Georg Heislers unterstützen, oder die Häftlinge, die wiedereingefangen werden und zu Tode kommen, als Antifaschisten bezeichnet werden. Also wäre Paul Röder genauso wie Wallau ein antifaschistischer Kämpfer. Ebenso träfen sich Fritz Helwig und Franz Marnet in dieser Gesinnung. Sie alle leisten in irgendeiner Form Widerstand gegen den Faschismus.
Bei genauerer Untersuchung des Begriffs "Antifaschismus" werden seine Verwendungsproblematik und seine ideologische Einfärbung deutlich.
Anna Seghers, die kommunistische Schriftstellerin, verwendete den Begriff "Antifaschismus" anders als etwa Schriftsteller, die der SPD nahestanden. Für Kommunisten beinhaltete der Begriff "Antifaschismus" nicht nur den Kampf gegen die Nazidiktatur, sondern notwendigerweise auch den Kampf gegen das kapitalistische System. Für sie war es selbstverständlich, das die nationalsozialistische Diktatur das Kind des Kapitalismus war. Der kommunistische Funktionär Dimitroff lieferte die Definition: Die

"faschistische Diktatur ist die Herrschaft der reaktionärsten, am meisten chauvinistischen, am meisten imperialistischen Elemente des Finanzkapitals."

Diese ungenaue Merkmalsbeschreibung bildete die semantische Grundlage für das kommunistische Verständnis des Begriffs "Antifaschismus".
Ernst Thälmann, der Führer der KPD, forderte unter der Überschrift "Wie schaffen wir die rote Einheitsfront?" in der "Roten Fahne" vom 8. Juli 1932:

"Unermüdlicher Klassenkampf der antifaschistischen Proletarierfront bis zur Aufrichtung der Herrschaft der Arbeiterklasse!
Natürlich richtet sich die Linie unseres Angriffs schärfstens gegen den kapitalistischen Staat. Dabei müssen wir klar erkennen, daß die Sozialdemokratie, selbst wenn sie heute eine Scheinopposition mimt, in keinem Moment ihre eigentlichen Koalitionsgedanken und ihr Paktieren mit der faschistischen Bourgeoisie aufgeben wird."

(Ernst Thälmann, Auswahl der Reden und Schriften 1930-1933 Bd.3, Stuttgart 1977, S.366-367).

Dieses Selbstverständnis, daß Antifaschismus Kampf gegen den Kapitalismus und für Sozialismus umfaßt, aber auch sich gegen reformerische Parteien wendet, weil diesen unterstellt wird, sie seien "Steigbügelhalter" Hitlers, findet sich auch u.a. bei Bertolt Brecht (Flüchtlingsgespräche). Mit dieser Auffassung von Einheitsfront und Antifaschismus identifiziert sich auch Anna Seghers. Dieser historische und ideologische Hintergrund muß berücksichtigt werden, wenn die Widmung des Romans im inhaltlichen Zusammenhang verstanden werden soll. Der Roman stellt eine Hommage dar an die kommunistischen Widerstandskämpfer, wie Wallau, Heisler, Fiedler, Marnet, Hermann, Reinhardt oder Dr. Kreß, der wieder zu dem kommunistischen Widerstandszirkel findet. Fritz Helwig, Paul Röder, dessen Ehefrau, Dr. Löwenstein, Elli Mettenheimer und ihr Vater oder Frau Marinelli sind Nonkonformisten, die sich aus persönlichen und religiösen Gründen für ein distanziertes Verhalten gegenüber dem Herrschaftssystem aussprechen und bei der Flucht Heislers behilflich sind. Jedoch ist damit noch keine antifaschistische Tat im kommunistischen Sinne vollbracht, denn ihr Widerstand bleibt individuell und richtet sich nicht gegen den "kapitalistischen Staatsapparat". Antifaschistisch und somit revolutionär kann dieser Widerstand erst werden, wenn die Kommunisten diesen initiieren. Nicht die individuelle Tat allein bringt Rettung, sondern die organisierte Arbeit der kommunistischen Parteigenossen im Untergrund läßt Georg Heisler das rettende Ausland erreichen. Das Verhalten des jungen Helwig und Paul Röders läßt die Hoffnung keimen, daß diese sich dem aktiven politischen Widerstand zuwenden. Anna Seghers spart jedoch die weitere Entwicklung dieser Personen bewußt aus. Zurück bleibt der Eindruck, Georg Heisler, der Kommunist, hat durch seine Flucht Menschen zu Entscheidungen bewogen, die, falls sie gesellschaftlich und nicht mehr nur individuell getroffen würden, eine Revolution hervorbrächten. Hier offenbart sich die Hoffnung der kommunistischen Schriftstellerin Anna Seghers und vieler kommunistischer intellektueller Exillanten, die Diktatur Hitlers möge durch den aufopferungsvollen Kampf der Antifaschisten unter Führung der KPD beseitigt werden und zum Sieg des Sozialismus in Deutschland führen. Dieser Utopie gilt die Widmung.

4. Die Personen

4.1 Georg Heisler

Der dreißigjährige, kommunistische Automechaniker Georg Heisler steht im Zentrum des Romangeschehens. Seine Flucht wird beschrieben. Über dessen Biographie erfährt der Leser immer nur Bruchstücke, die über die gesamte Handlung verteilt sind und sich nach und nach zu einem Persönlichkeitsbild zusammensetzen lassen. Georg Heisler gehört zu den sieben KZ-Häftlingen, die die Flucht aus dem Konzentrationslager Westhofen wagen. Er steht im aktiven Widerstand gegen den Nationalsozialismus und wird dafür ins KZ gesperrt. Im Konzentrationslager lernt er Wallau kennen. Dieser, ebenfalls kommunistische Funktionär und Widerstandskämpfer, wird für Georg Vaterfigur und Vorbild. Georg ist der Auffassung, er verdanke Wallau sein "ganzes jetziges Leben" (S.125).
Georg Heisler stammt aus einer kinderreichen Arbeiter-

familie. Da die Familie ohne Vater leben mußte, sah sich Georg schon früh mit familiären Aufgaben konfrontiert. Als junger Autoschlosser wird er nach der Lehre, in der Zeit der Weltwirtschaftskrise, arbeitslos. Durch die Freundschaft mit Franz Marnet kommt er in Berührung mit kommunistischen Ideen und schließt sich der kommunistischen Partei an. Aufgrund seines eigenwilligen Charakters treten die Genossen ihm mit Mißtrauen entgegen. Vertrauensvolle Aufgaben soll dieser unangepaßte junge Genosse nach Möglichkeit nicht wahrnehmen. Aber die harte Wirklichkeit des politischen Widerstands fordert ihre Opfer unter den aktiven kommunistischen Funktionären, und so erhält Georg die Chance zur Bewährung. Er enttäuscht die in ihn gesetzten Erwartungen nicht. Aber auch er wird von der Gestapo verhaftet. Georg war bis zu seiner Verhaftung und Einlieferung ins KZ ein eher widerspruchsvoller Charakter in seinen Entscheidungen und Handlungen. Mit Hilfe seines Lehrers Wallau findet er zu einer disziplinierten politischen Haltung. Die Persönlichkeit Wallaus macht auf Georg Heisler einen tiefen Eindruck.

"Wenn ich Wallau in meinem Leben nur in Westhofen treffen könnte, ich würde alles noch einmal auf mich nehmen... Zum ersten-, vielleicht auch zum letzenmal war in sein junges Leben eine Freundschaft gekommen, wo es nicht darum ging, zu prahlen oder sich kleinzumachen, sich festzuklammern oder sich völlig hinzugeben, sondern nur zu zeigen, wer man war und dafür geliebt zu werden." (S.87).

Auf der Flucht zeigen sich jetzt seine charakterlichen Qualitäten. Er handelt überlegt, ist reaktionsschnell und geistesgegenwärtig - "eisern". Konsequent hält er sich an den Fluchtplan. Georg hört in unsicheren und ängstlichen Momenten auf seine innere Stimme. Diese Stimme ist immer die Stimme Wallaus. Die Flucht erfährt Georg als Grenzsituation. Gleichsam zwischen Traum und Wirklichkeit findet er sich in einer nie derartig erlebten Welt zurecht, in die er zunächst unsicher eintritt, aber bald lernt, Gefahren und Unberechenbarkeiten zu meistern.

Zu Georgs Lebensschicksal gehört es auch, daß er verheiratet ist, jedoch getrennt lebt von seiner Frau, Elli Mettenheimer, und ihrer gemeinsamen Tochter. Georg hat seinem Jugendfreund, Franz Marnet, Elli "weggeschnappt" und, ohne zu überlegen, geheiratet. Das Zusammenleben währt allerdings nicht lange. Georg trennt sich von Elli. Die Gründe dafür sind wohl in seinem Verhältnis zu Franz Marnet zu suchen, der sich als Georgs Lehrer begreift und dem Georg mit einem Minderwertigkeitsgefühl begegnet. Um dieses Gefühl der Unterlegenheit wettzumachen, vielleicht auch um sich an Franz zu rächen, geht Georg mit Elli eine Verbindung ein, von der Ellis Vater überhaupt nicht begeistert ist, mit Recht, wie es sich bald nach der Heirat für alle Beteiligten herausstellen sollte.

Nach der Trennung von Elli verliebt sich Georg in die neunzehnjährige Leni. Von ihr träumt er auf der Flucht. Sie ist sein Fluchtziel. Von ihr erwartet er Hilfe. Von ihr wird er enttäuscht.

Georg Heisler ist ein Mensch mit Stärken und Schwächen, aber auch mit Zielen, die er "eisern" verfolgt. Er ist fähig zu träumen und sich zu ängstigen. Er muß Enttäuschungen hinnehmen und Schmerzen ertragen. Den Kern dieses Mannes bilden aber sein Glaube an die Sache des Kommunismus und an die Partei und die Hoffnung, daß der Widerstand einen Sinn hat, für den es lohnt, sich zu opfern - auch das private Glück. Die Unwegsamkeiten der Flucht können diese innere Kraft zwar verdecken, aber nicht zerstören.

Im Dom

Traditionell ist die Kirche ein Ort der Ruhe, des Friedens und der Zuflucht für die Bedrängten und Beladenen. Auch im Roman "Das siebte Kreuz" findet der Kommunist Georg Heisler im Dom zu Mainz für eine Nacht eine Zuflucht. Ironie des Schicksals, daß ausgerechnet ein Atheist in einem Gotteshaus Ruhe und Schutz vor seinen Verfolgern findet? Im Fieberzustand wartet Georg Heisler auf den Morgen des dritten Tages seiner Flucht. Aufgrund seiner Verletzung beginnt sein Körper zu fiebern. Er denkt an die 19jährige Leni, die schlank, blauäugig, mit ihren dichten schwarzen Wimpern und ihrem blaß braunen Gesicht vor seinem geistigen Auge erscheint. Ihr Bild gibt ihm Kraft. Ihr schwört er seine Liebe. Doch bald wird sich dieser Gedanke als Trugbild herausstellen. Leni wird nicht zu ihm stehen. Der Fiebertraum wird nicht vor der Realität standhalten. Aber das weiß Georg noch nicht. Er spürt neben dem leisen Gefühl der vagen Sicherheit die Bedrohung und Entmutigung, die von diesem Gotteshaus ausgeht. Er hört den Rat zur Aufgabe der Flucht. Ihm wird Gnade statt Gerechtigkeit, Friede statt Todesangst angeboten. Für Georg wird der Dom zur einer Stätte, in der er "erfrieren" könnte. Erlösung von den Leiden kann für ihn nicht so aussehen. Georg sieht im Widerschein eines Glasfensters, wie "alle Bilder des Lebens" ausgeschüttet werden: Adam und Eva nach dem Sündenfall, die Heilige Familie, Jesus in der Krippe, Jesus auf seinem Kreuzweg. Georg ist also nicht allein. Auch er ist auf seinem Kreuzweg und findet im Sohn Gottes seinen Leidensgefährten. An diesem Ort erfährt der Kommunist Georg Heisler ebenso Trost im Leiden Christi wie die Gläubigen. Georg hat sich hier seiner bewußt zu werden als Mensch und als Leidender, der durch die Erinnerung sein Lebensgefühl neu spürt und neue Kraft schöpft in seiner Verzweiflung.

"..., denn solche Gäste wie Georg gab es auch hier nur alle tausend Jahre...
Alles, was das Alleinsein aufhebt, kann einen trösten. Nicht nur was von andern gleichzeitig durchlitten wird, kann einen trösten, sondern auch was von andern früher durchlitten wurde... Am ganzen Körper gespannt, mit glühenden Augen, wartete er auf den Augenblick, da der Küster aufschließen möge." (S.90-92).

Das Schicksal Georg Heislers erscheint als Parallele zur christlichen Passionsgeschichte. Auch ihn haben Menschen zum Leiden verurteilt. Auch ihn wollen sie ans Kreuz schlagen. Aber das Opfer wehrt sich. Hoffnung und Zuversicht liegen für Georg nicht mehr im Tod und in der Erlösung oder in einem ewigen Leben. Hoffnung kann nicht in der Aufgabe seiner selbst liegen, sondern im Bestreben, die Flucht fortzusetzen und den Sieg im Diesseits über das Böse zu erlangen. Georg Heislers weltliche Passion ist noch nicht zu Ende. Er wird noch auf weitere Proben gestellt und zum Prüfstein für die Menschen, welche ihm auf seinem dornigen Weg begegnen. Hier wendet sich die christliche Passionsgeschichte in ein weltliches Schicksal. So wie Jesus in der Nacht vor seinem Tode Blut schwitzte, so hat auch Georg Heisler Blut geschwitzt.

"Während sein Kittel, in dem er Blut geschwitzt hatte, zu einem schmalen Rauchfähnchen wurde, das dem Pfarrer Seitz viel zu langsam und viel zu stinkend durch seinen Fensterspalt entwich, hatte Georg zum Rhein hinuntergefunden, und er trottete jetzt auf dem sandigen Promenadenweg über die Fahrstraße rheinabwärts." (S.121).

Im konkreten Leben des Alltags muß Heisler seine Rettung suchen. Nicht der Wille Gottes kann ihn nunmehr beschützen, sondern nur die Menschen, die sich aus freien Stücken unter Lebensgefahr zur Hilfe entschließen.
Die christliche Passionsgeschichte wird so "vom Kopf auf die Füße" gestellt. Der Leser erlebt praktizierte Leidensgeschichte. Das "Lamm Gottes" ist wieder Mensch geworden. Der Geringste unter den Menschen, die ausgestoßene und verfolgte Kreatur, wird ebenso vor Prüfungen gestellt werden wie die Menschen, die ihr begegnen. Die Stunde der Bewährung steht bevor. Wie stark wird der Glaube der Menschen an Gott sein, an die Göttlichkeit des Menschen, an sich selbst oder an eine andere kraftspendende Instanz, damit das Opfer nicht vollzogen werden muß? In dieser spannungsvollen Ungewißheit befindet sich Georg Heisler.

Für ihn stellt sich die Frage nicht philosophisch oder religi-ös, sondern praktisch. Aus seiner Erinnerung taucht sein alter Schulkamerad und Jugendfreund Paul Röder auf. Die Kraft einer Jugendfreundschaft wird auf die Probe gestellt werden.

Der Symbolcharakter dieser Dom-Szene liegt in der Verbindung von christlicher Passionsgeschichte und weltlicher Flucht des Kommunisten Georg Heisler. Christentum und Kommunismus scheinen enger miteinander verbunden zu sein, als es die Mächtigen zugeben möchten. Christen und Kommunisten stehen symbolisch in einer Reihe gegen Gewalt, Terror und Unterdrückung. Pfarrer Seitz hat die christliche Botschaft richtig verstanden und hilft Georg, ohne daß dieser davon Kenntnis hat. Nur der Erzähler unterrichtet den Leser von dieser lautlosen Hilfe, die ein katholischer Pfarrer einem ihm unbekannten Verfolgten zuteil werden läßt. Wird die christliche Religion "richtig" verstanden, kann sie zu jener Kraft werden, die den "eisernen Bestand" im Menschen ausmacht, der "unangreifbar" und "unverletzbar" ist und der die Voraussetzung bildet für die Schaffung der Einheitsfront gegen die nationalsozialistische Diktatur.

4.2 Franz Marnet

Franz Marnet ist ein junger, dreißigjähriger Arbeiter, der sich entschlossen hat, mit der kommunistischen Partei für eine bessere Zukunft im Sinne des Sozialismus zu kämpfen. Zu Beginn des Romans erfährt der Leser, daß Franz Marnet bei seinen Verwandten auf dem Land lebt, um dem nationalsozialistischen Arbeitsdienst zu entgehen. Er arbeitet bei seinem Onkel in der Landwirtschaft und findet bei den Höchster Farbwerken bald darauf eine Anstellung. Er ist mittelgroß, und seine Figur ist stämmig. Ruhige schläfrige Züge zeigen sich an ihm. Auch er war wie Georg Heisler während der Weltwirtschaftskrise arbeitslos. In dieser Zeit war er jedoch schon ein aktiver Jungkommunist, der mithalf,

"Fichte-Jugendlager" des Arbeitersportvereins (ASV-Fichte) zu organisieren, der auf Demonstrationen ging, Jugendliche für den Sozialismus schulte, Karteikarten über diese anlegte und sich bemühte, prinzipienfest und treu der Sache der Partei zu dienen. Franz Marnet trägt eine große Opferbereitschaft in sich, die gespeist wird aus einem Optimismus, der der kommunistischen Lehre entspringt. Zu seiner starken und einfachen Lebensfreude gehört sein intensives Heimatgefühl, welches sich verbindet mit seinem Klassenbewußtsein.

"Das Gefühl überwältigte ihn, dazuzugehören. Schwächlich fühlende Menschen werden ihn schwer verstehen. Ihnen bedeutet Dazugehören eine bestimmte Familie oder Gemeinde oder Liebschaft. Für Franz bedeutete es einfach zu diesem Stück Land gehören, zu seinen Menschen und zu der Frühschicht, die nach Höchst fuhr und vor allem, überhaupt zu den Lebenden." (S.14).

Für Franz Marnet hat das Heimatgefühl nicht die traditionelle, private Bedeutung. Hier steht nicht das Individuum mit seiner Intimsphäre im Mittelpunkt, sondern ein vom klassenkämpferischen Geschichtsbewußtsein geprägtes Heimatgefühl, welches die tägliche Arbeit, Ausbeutung und Unterdrückung der Arbeiterklasse umfaßt. Nur so kann Marnets Lebensgefühl begriffen werden. Leben heißt für Franz Marnet kämpfen im Bewußtsein des historischen Prozesses, daß der gegenwärtige Zustand so nicht bleiben kann, weil er unvernünftig und ungerecht ist, und daß die Zukunft der fortschrittlichen Idee des Sozialismus gehört.
Aber auch er ist nicht gefeit vor Resignation und Sehnsüchten nach dem kleinbürgerlichen Leben.

"Franz fragte sich da einen Augenblick, einen einzigen Augenblick, ob dieses einfache Glück nicht alles aufwiege. Ein bißchen gewöhnliches Glück, sofort, statt dieses furchtbaren unbarmherzigen Kampfes für das endgültige Glück irgendeiner Menschheit, zu der er, Franz, dann vielleicht

nicht mehr gehörte... Gebt dem Hitler, was des Hitlers ist."
(S.253).

Dieses Bedürfnis nach Alltäglichkeit, nach Vergünstigungen und Ruhe wird als bedrohliche Versuchung erfahren. Normalität und gewöhnliches Leben kann es nach Auffassung von Franz Marnet nicht für ihn geben. Er muß sich opfern, weil er die Einsicht in die historischen Entwicklungsgesetze hat, die er als wahr und richtig empfindet. Diese Überzeugung bildet das Fundament für seinen politischen Widerstand gegen den NS-Staat. Sie führt bei ihm zum Verzicht auf zutiefst menschliche Bedürfnisse. Im Grunde sieht sich Franz Marnet nicht als Geschichtstreiber, sondern als Opfer seiner Idee. Seine Überzeugung zwingt ihn zu handeln. Deshalb macht er seine gedanklichen Ausflüge in die scheinbar heile Kleinbürgerwelt mit einem schlechten Gewissen.

Franz' große Liebe war und ist Elli Mettenheimer. Sie hält er für ein Mädchen, das "nicht so ist wie die anderen". (S.77) Franz, der sich in seiner Jugend mit dem weiblichen Geschlecht etwas schwer tat und deshalb in die politische Aktivität flüchtete, hatte seine Hoffnung auf Elli gesetzt. Für ihn war Elli ein "sauberes Mädel", moralisch und asexuell. Mit seiner kleinbürgerlichen Vorstellung wollte Franz Elli in Besitz nehmen. Sie sollte sich nicht schmücken, nicht extravagant sein, sondern tugendhaft und bescheiden. Hinter diesem Frauenbild steht seine Angst vor der Weiblichkeit, die etwas Bedrohliches und Geheimnisvolles hat, die es auch verhindert, daß er Elli als seinen Besitz ansehen kann.

"Sie trug Korallenohrringe. Beim zweitenmal in der Anlage hat sie die Ohrringe abgezogen und in ihr Täschchen gesteckt, auf meine Bitte. Ich habe zu ihr gesagt, nur Negerweiber tragen solch Zeug in den Ohren und durch die Nase. Sie hat gelacht - und eigentlich war es auch schad. Die Korallen waren ja schön in dem braunen Haar." (S.77).

Eine Frau kann für ihn allenfalls "Kampfgenossin" sein, die teilhat an den Anstrengungen des antifaschistischen Kampfes. Daß Franz Marnet vor seinen eigenen Gefühlen Angst hat, zeigt sich in seiner Verbindung mit Lotte. Gefühl, Liebe und Zuneigung werden nicht angesprochen. Lotte wird als Ersatz für Elli in Anspruch genommen. Die Angst vor dem Schmerz über den Verlust Ellis wird zugeschüttet mit markigen Worten. Dieser psychischer Panzer produziert Verhaltensweisen, die mit dem Begriff des "autoritären Charakters" beschrieben werden können: Hart gegen sich selbst und andere, pflichtbewußt, Angst vor Gefühlen und eigenen Schwächen, Gehorsam gegenüber Autoritäten und Ideen. Ideale werden höher gestellt als das eigene Leben, Die Opferbereitschaft im Namen eines Höheren wird kritiklos verinnerlicht.

Die Tatsache, daß Franz Marnet Georg hilft und sich wieder mit Elli in Verbindug setzt, kann nicht erklärt werden mit menschlicher Tiefe, die ihn mit Georg verbindet. Franz Marnets Aktivität entspringt allein seinem Pflichtgefühl gegenüber der Sache des Widerstands (S.82) und der Hoffnung, daß Elli doch wieder zu ihm zurückkehren könnte. In der Tiefe seines Herzens liebt Franz Marnet immer noch Elli und kann sie nicht vergessen, und diese Wunde wird auch nicht geschlossen durch die neue Verbindung mit Lotte. Sie wird lediglich notdürftig verdeckt durch Rationalisierung und Verdrängung (S.81). Das Mittel dazu bildet die kommunistische Ideologie, mit ihren Postulaten, wie Gehorsam, Pflicht und Opferbereitschaft bis in den Tod für eine Sache, die zutiefst fragwürdig ist. Dennoch läßt sich Franz Marnets Hilfe für Georg nicht wegdiskutieren. Aber sie ist eine individuelle Leistung ,die Gefahr läuft, an Größe einzubüßen, weil die humanen Aspekte durch Ideologie und Zweckrationalität verdeckt werden.

4.3 Wallau

Wallau, der kommunistische Funktionär und Reichstagsabgeordnete der KPD, gehört zu den großen Figuren dieses Romans. Er ist sowohl Vatersymbol als auch politisches
und menschliches Vorbild. Nach seinem Tod in der KZ-Haft

*"lief ein Zettel um in den Opelner Werken bei Mannheim, wo
Wallau in alten Zeiten Betriebsrat war. Unser ehemaliger
Betriebsrat, der Abgeordnete Ernst Wallau, ist am Samstag
sechs Uhr in Westhofen erschlagen worden. Dieser Mord
wird am Tage des Gerichts schwer zu Buche stehen."
(S.379).*

Wallau war bei allen, die ihn kannten, beliebt. Aber nicht nur
Sympathie und Wärme strahlte dieser Mensch aus, sondern er gab auch Kraft und wurde zur Richtschnur für Menschen ,die ihm begegneten.Über sein Aussehen ist wenig
zu erfahren:

*"Ein kleiner, erschöpfter Mensch, ein häßliches kleines
Gesicht, dreieckig aus der Stirn gewachsenes dunkles
Haar, starke Brauen, dazwischen ein Strich, der die Stirn
spaltete. Entzündete, dadurch verkleinerte Augen, die Nase
breit, etwas klumpig, die Unterlippe ist durch und durch
gebissen." (S.203).*

Wallau ist ein starker und konsequenter Charakter, der sein
Ziel mit Willensstärke anstrebt. In der kommunistischen
Gemeinde verfallen die Mitglieder in Ratlosigkeit, als sie
von der Verhaftung Wallaus erfahren.
Die KPD hatte keinerlei Maßnahmen getroffen, um einen
Terrorschlag, wie ihn die Nationalsozialisten nach dem
Reichstagsbrand im Februar 1933 gegen sie durchführten,
abzuwehren. Ursächlich dafür war die politische Einschät-
zung der Lebensfähigkeit des nationalsozialistischen Regimes: Hitler würde bald das Land heruntergewirtschaftet
haben und durch eine proletarische Revolution gestürzt.

Bevor Wallau im KZ Westhofen ermordet wird, verhören ihn die Gestapo-Kommissare Overkamp und Fischer. Doch sie haben keinen Erfolg. Wallau ist eine "uneinnehmbare Festung". Fischer weiß es.

Wallau kennt die Verhörmethoden der Gestapo. Er verweigert deshalb jegliche Aussage. Mit Hartnäckigkeit sowie bohrenden und raffinierten Fragen versucht Overkamp einen Zugang zur Festung zu finden, um ins "Innerste" und "Heiligste" zu kommen. Jedoch schweigt Wallau beharrlich und stirbt. Er stirbt einen langsamen seelischen Tod, wobei er auf alle Fragen Overkamps im Geiste antwortet. Hierbei nimmt er Abschied von einem Mann und einem Leben, das dem Opfer und dem Kampf für eine bessere Welt geweiht war. Sein Leben läuft wie ein Film vor seinem geistigen Auge ab. Einzelne Bilder bleiben hin und wieder stehen. Er sieht seine Kinder, seine Eltern, seine Familie, seine Mutter, seine Schwester. Er erinnert sich an die Zeit des Ersten Weltkriegs, als er Frontsoldat war, und an den Spartakusbund, an Karl Liebknecht, den legendären Führer der jungen KPD.

Wallau denkt an Georg Heisler, in den er große Hoffnungen setzt. Er fühlt sich verantwortlich für diesen jungen Revolutionär, der ihm zum Sohn wurde. Er ist für ihn das Licht am Ende des Tunnels. Wallaus revolutionäre Zuversicht zeigt sich auch in der Hoffnung, daß die revolutionären Ideen in den Liedern des Volkes - seines Volkes - und im Urteil der Nachlebenden aufgehoben werden. Das Prinzip Hoffnung soll ein fragwürdiges Opfer rechtfertigen. Die Machtlosigkeit des revolutionären Widerstandes sowie der Vernichtungsfeldzug des NS-Regimes gegen die Kommunisten wird mit eindringlichen Worten beklagt, ohne jedoch Schlußfolgerungen daraus zu ziehen.

"Gleich im ersten Monat der Hitlerherrschaft hatte man Hunderte unserer Führer ermordet, in allen Teilen des Landes, jeden Monat wurden welche ermordet. Teils wurden sie öffentlich hingerichtet, teils in den Lagern zu Ende gequält. Die ganze Generation hatte man ausgerottet." (S. 182).

*"Da riß man das Beste aus, was im Lande wuchs, weil man
die Kinder gelehrt hatte, das sei Unkraut. All diese Burschen
und Mädels da draußen, wenn sie einmal die Hitlerjugend
durchlaufen hatten und den Arbeitsdienst und das Heer,
glichen den Kindern der Sage, die von Tieren aufgezogen
werden, bis sie die eigene Mutter zerreißen." (S.183).*

Die Metapher der "Mutter", die für die Partei steht, war bei
den Kommunisten eine beliebte Veranschaulichung der
Funktion ihrer Organisation. Dahinter verstecken sich
Denkmuster, die auch im Verhältnis zwischen Georg und
Wallau zu Tage treten. Das biologische Bild von der Mutter
impliziert Kinder, die beschützt und genährt, die umsorgt
werden, die aber dafür Gehorsam zu leisten haben und sich
nicht vorstellen können, daß ihre Mutter mit ihnen etwas
Schlechtes vorhat. Diese archaische Auffassung von einer
politisch-gesellschaftlichen Organisation muß notwendigerweise zu Unmündigkeit, Leichtgläubigkeit und Kritiklosigkeit führen.
In ihrem Wahn, im Besitze der Wahrheit zu sein, führte die
"Mutter" ihre Kinder ins Verderben. Späte Reue half nichts
mehr. Der Blutzoll mußte von allen bezahlt werden.
So geht Wallau in den Tod, weil er sich selbst treu bleiben
möchte, seinem Glauben, der Idee und seinem bisherigen
Leben,und er auch weiß, daß es um die Ehre der Partei
geht. Wallau wird zum Märtyrer.

*"Wer... sich durch keine Drohung und kein Leiden von der
Weltsicht oder **Idee**, die ihm als Wahrheit feststeht, abbrin-
gen läßt und für sie mit Leib und Leben eintritt, der ist Zeuge
im höchsten Sinn des Wortes: Märtyrer.
Es ist ein Ehrentitel. Auch wer die Überzeugung nicht teilt,
für die sie litten, kann Märtyrern gewöhnlich den Respekt
vor ihrem Mut und Einsatz nicht versagen. Und das strahlt
auf den Inhalt ihrer Überzeugung aus. Kann es denn bloßer
Humbug gewesen sein, wofür einer sich foltern oder töten
ließ? Zeugt die Glaubwürdigkeit, mit der er sich für seine
Sache hingab, nicht auch für die Glaubwürdigkeit seiner*

Sache? Eine Idee wird dadurch, daß einer für sie starb, keine andere, und doch gewinnt sie eine andere Überzeugungskraft. Sie hat ein Zeugnis auf ihrer Seite, das mehr in die Waagschale warf und anders ergreift als bloß Argumente. Die Idee wird geheiligt durch ihren Märtyrer, er wird geheiligt durch sie. Daß die christlichen Heiligenlegenden überwiegend Märtyrergeschichten sind, gehört zur Logik der Sache."
(Christoph Türcke)

In diesem Sinne ist die Todesszene komponiert. Der Anklang an die biblische Darstellungen, Jesus vor dem Hohen Rat oder Jesus am Kreuz, ist evident.

Es drängt sich die Auffassung auf, die Autorin habe hier ein Bild eines Antifaschisten gezeichnet, welches dem Wunsch nach Verklärung und Erhöhung folgt, um die brüchige und widerspruchsvolle Wirklichkeit der kommunistischen Weltanschauung und Politik nicht thematisieren zu müssen. Der Martyriumsgedanke in dieser Szene

"arbeitet an einer ungeheuren Umwertung der Werte: Er deutet den Untergang des Individuums als den Aufgang seiner Sache, die offenkundige Niederlage als persönlichen Sieg... Der eigene Tod (wird) als Mittel (eingesetzt), die Wahrheit der eigenen Lehre zu suggerieren und allen Zweifel daran durch Ehrfurcht zu betäuben: die so inthronisierte Wahrheit (dient) wiederum als Mittel, die eigene Person unsterblich zu machen: ... das (ist das) Erfolgsgeheimnis jeglicher Ideenvergötzung..."
(Christoph Türcke)

4.4 Paul Röder

Während der Nacht im Mainzer Dom denkt Georg Heisler
an seinen Jugendfreund Paul Röder.
Paul und Georg sind sich im Laufe der Jahre fremd geworden. Georg wurde durch die Freundschaft zu Franz Marnet
der Weg in die kommunistische Partei eröffnet. Hierdurch
wurden seine Weltansicht und Interessen geprägt. Nicht
nur das geistige Umfeld, auch das soziale Umfeld änderte
sich. Georg ging auf Demonstrationen, nahm an den Aktivitäten kommunistischer Organisationen teil. Jedoch bleiben
Kindheitserinnerungen prägend und halten persönliche Bin-
dungen über Jahre hinweg aufrecht. Diese Klammer über-
dauert alle ideologischen Grenzen.
Paul Röder ist ein offener und fröhlicher Mensch, der im
Sozialgefüge seiner Familie ruht und das Alltagsleben mei-
stert. Er arbeitet in einer Waffenfabrik, sieht aber nicht die
politisch-theoretischen Nachteile dieser Arbeit ein, sondern
ist wie seine Ehefrau auf den praktischen Alltagsnutzen
orientiert. Das NS-System gewährt soziale Vorteile, die
bisher noch kein Gesellschaftssystem zuvor seinen Mitgliedern bieten konnte. Die sozialen Vergünstigungen werden
von der Familie Röder als Errungenschaft gewertet, die von
den Kommunisten zwar als Ziel propagiert, aber nie verwirk-
licht wurden. Für Paul Röder und die Familie ist das neue
System revolutionär.

"Nein, so was war noch nie da auf der Welt." (S.263).

Paul Röder hat scheinbar keinerlei moralische Bedenken in
der Rüstungsfabrik seinen Lebensunterhalt zu verdienen.
Auf den Einwand von Georg antwortet er mit Relativierun-
gen.

*"` Ach, dem einen sein Ul, ist dem anderen sein Nachtigall.
Wenn du erst anfangen willst, darüber zu spinnen... Du hast
ja immer zum Spinnen geneigt, mein Schorsch, no und?
Dein Garn ist alle geworden. Früher hättest du mir jetzt*

*genau erzählt, was ich alles auf meinem Gewissen hab.` Er
lachte auf...`Komm mir bloß nicht mit den Spaniern`, sagte
er böse, obwohl Georg schwieg. `Nur damit komm mir jetzt
nicht. Die sind auch ohne den Paul Röder erledigt. Siehst
du, die haben sich gewehrt und doch erledigt! An meinen
paar Kapselchen wird des nicht mehr liegen.`"* (S. 264).

Paul Röder hat sich entschieden. Sein persönliches Aus-
kommen ist ihm wichtiger als politische Moralität. In seinen
Äußerungen zeigt sich aber auch ein leichter Zweifel an der
Richtigkeit seines Tuns. So schiebt er den spanischen
Republikanern die Schuld für die Niederlage zu, um sich
selbst ein ruhiges Gewissen zu bereiten. Hier muß ange-
merkt werden, daß Paul Röder nicht frei entscheiden kann,
an welchem Arbeitsplatz er tätig sein möchte. Das NS-
Regime hatte mit der Einführung des Arbeitsbuchs den
Arbeitsplatzwechsel in einem erheblichen Maße erschwert.
Sowohl ein Wechsel als auch eine Entlassung eines Arbeiters oder mehrerer war nicht in der Weise möglich wie in der
Weimarer Republik. Damit hatte das NS-System eine
Kontrollmöglichkeit über das Arbeitsverhalten der "Volksgemeinschaft" geschaffen. Paul Röder ist darin ebenso ein-
gespannt wie Millionen anderer Arbeitnehmer. Im Vergleich
zur Weimarer Republik sehen die meisten Beschäftigten
sogar einen Vorteil in dieser Regelung. Eine Arbeitsplatz-
sicherheit in nie gekanntem Ausmaß wurde damit erreicht.
Paul Röder ist kein Antifaschist. Er hat keine antifaschistische
Philosophie, verfolgt keine weltanschaulichen Ziele, sondern ist ein Mann des Alltags. Für ihn ist das Leben wesent-
lich praktischer Natur. Es gilt, die Familie zu ernähren, die
bescheidenen Annehmlichkeiten, die das System bietet
(und die immer besser werden), zu genießen und nicht
aufzufallen. Was sich Paul Röder bewahrt hat, ist eine
gewisse geistige Unabhängigkeit und ein gesundes Mißtrauen gegen Ideologien. Diese Unabhängigkeit und das
Mißtrauen haben ihn in seiner Jugend davor bewahrt, sich
der kommunistischen Bewegung anzuschließen und jetzt
der nationalsozialistischen Ideologie zu verfallen. Zwar ist

er in dieser Haltung nicht glücklich, aber er ist auch kein Mitläufer. Als Paul Röder seine Entscheidung trifft, Georg zu helfen, wird das offensichtlich. In keinem Augenblick werden Bequemlichkeiten oder gegenwärtige Vorteile als Argumente gegen die Fluchthilfe herangezogen. Für Paul bildet die tiefe Freundschaft zu Georg das Entscheidungskriterium. Auch nach dem Verhör durch die Gestapo zeigt sich Georgs nonkonformistische Haltung. Gewitzt stellt er nach der Konfrontation mit der Staatsmacht fest, diese sei nicht allwissend. Ihr Informationstand hinge von dem ab, was Menschen ihr erzählten. Somit ist Pauls Hilfsbereitschaft nicht nur eine humane Tat, sondern wird für ihn zu einem gefährlichen Lehrstück, in dem er eine gewichtige Rolle übernimmt. Er ist es, der die Fäden zu den Genossen Hermann und Fiedler spinnt. Er macht sich auf den ungewissen Weg zum Architekten Sauer, dem ehemaligen Genossen, der ihn aus Angst und Mißtrauen abweist. Paul Röder bringt Georg bei seiner nichtsahnenden Tante Katharina Grabber unter, die ihn in ihrer Autowerkstatt beschäftigt.

Durch die Aktivitäten ihres Mannes verändert sich Liesel Röder. Sie erfährt die Bereitschaft zum Widerstand aus dem Gefühl der Angst.

Zu dieser instinktmäßigen Reaktion paßt ihre "große lockere Brust" und ihr "watschelnder Gang", ihre dickliche Statur, ihre braunen Augen, die einen warmen Blick ausstrahlen. Sie stellt eine gemütliche Hausfrauen- und Mutterfigur vor, die näht, die Familie umsorgt, als Choristin aushilft, die sich liebevoll aufopfernd, selbstlos bescheiden und unauffällig um ihren Mann und ihre Familie bemüht und von ihrem Mann Paul nicht ernstgenommen wird.

"`Siehst du, Liesel, und deshalb hab ich dir nichts gesagt, denn du hättest ihn (Georg) vielleicht zuerst nicht aufgenommen, aber nachher, wenn man dir alles erklärt hätte, wär`s dir leid gewesen.`-`Aber, es kann doch noch was Schlimmeres nachkommen. Dafür muß man dann gradstehn.`-`Ja`, sagte Paul, `dafür steh ich dann grad. Ich hab`s

*bestimmen müssen, nicht du. Denn ich bin ja der Mann hier
und von unserer Familie der Vater...`".(S.338f).*

Liesel wird von ihren Mann Paul mitgezogen, aber sie bleibt
ängstlich und zurückhaltend. Ihre Aufgabe ist es, im Hintergrund zu agieren, die Entscheidungen des Mannes mit-
zutragen und ihr Einverständnis zu geben. Eine eigene,
selbständige Entscheidung wird ihr nicht zugetraut. Wankel-
mütigkeit, Unentschlossenheit und eine gewisse Unbestän-
digkeit haften Liesel nicht als Mutter und Hausfrau an, aber
als Frau, wenn sie vor politische Entscheidungen gestellt
wird. Sicherheit beschränkt sich auf emotionale und häus-
liche Bereiche. Zu Georg ist sie gastfreundlich, sie verzichtet auf ihre Portion beim Essen. Als sie jedoch die Wahrheit
erfährt, bangt sie um ihre heile Welt und ist böse, daß Georg
die Familie in Gefahr gebracht hat.

Paul Röder kann Georg nur deshalb helfen, weil Liesel
"mitspielt" und er so die Verbindungen zu den kommunistischen Kollegen knüpfen kann, die dann alle weiteren Maßnahmen in die Wege leiten. Paul Röder hat einen tiefen
Glauben an die Unzerbrechlichkeit seiner Freundschaft zu
Georg. Von dieser inneren Kraft läßt er sich in seinen
Handlungen lenken. Seine Freundschaft wäre allerdings
wertlos, würde die Verbindung zu den kommunistischen
Genossen nicht zustande kommen. Individuelle Solidarität
und Menschlichkeit sind in der Diktatur also nur dann
sinnvoll und führen zum Erfolg, wenn sie mit dem antifaschistischen Kampf der kommunistischen Partei verbunden werden.

4.5 Hermann und Fiedler

Beide Männer gehören zum kommunistischen Widerstand.
Seit der Machtübernahme und der Zerschlagung der kommunistischen Partei und dem damit verbundenen Zerfall
der politischen Organisation sind sie in "ihren Löchern", wie

Paul Röder gegenüber Georg Heisler bemerkt. Von ihnen geht keine Aktivität aus, sie sind mißtrauisch und in "Warteposition". Fiedler ist ein Arbeitskollege von Paul Röder. Er ist pflichtbewußt und gewissenhaft, schweigsam und hilfsbereit. So kennt ihn Paul. Er ist derjenige, der Paul in den Sinn kommt, als er überlegt, wer ihm und Georg helfen könnte. Durch die Flucht Georgs findet Fiedler neuen Ansporn, gegen das NS-Regime zu kämpfen. Gemeinsam mit seiner Frau knüpft er die Kontakte zum kommunistischen Widerstandszirkel, organisiert die weitere Fluchthilfe für Georg Heisler und verhilft ihm so zu neuen Papieren und Geld.

Hermann ist ein Freund von Franz Marnet und arbeitet in den Griesheimer Eisenbahnwerkstätten. Als vorsichtiger und ruhiger Mensch ist er in seinen Aktivitäten kritisch und vorausplanend. Er besorgt den illegalen Ausweis für Georg und fädelt gemeinsam mit dem Genossen Fiedler den Aufenthalt bei der Familie Kreß ein.

Durch die Konfrontation mit Georgs Flucht werden nicht nur in beiden Männern, sondern auch bei ihren Ehefrauen Erinnerungen wach, die neue Identität schaffen und Kraft geben, in einer gefährlichen Zeit das tägliche Geschäft des Widerstands zu meistern.

So wird die Erinnerung an die politische Arbeit während der Weimarer Republik für Grete Fiedler zu einer inneren Kraft, die in ihr einen fast euphorischen Zustand hervorruft und sie wieder Sinn in der Widerstandsarbeit sehen läßt. Realität und Wunschdenken beginnen, ineinander zu verschwimmen. Gegenwart und Vergangenheit verschmelzen zu einem Trugbild. Im Jahre 1937 war mit Wandparolen und Flugblättern eben kein wirksamer Widerstand mehr zu leisten. Wirksamer Widerstand hätte nur noch von der Wehrmacht geleistet werden können. Nur diese hätte Hitler und sein System zu Fall bringen können. Der einzelne, das offene Wort waren in einem demokratischen System wichtig. Hier gab es den Wähler, der über politische Mehrheiten zu entscheiden hatte. Genau diese politische Bedeutung des Individuums wurde von den Kommunisten jedoch verneint. Deshalb ist Grete Fiedlers Empfindung trügerisch. Sie atmet nicht mehr "dieselbe Luft" der Weimarer Republik, und es ist auch nicht mehr "dieselbe Dunkelheit", in der sie im Jahre 1937 lebt und auch keine "neue Zeit", in der auch nicht "alles möglich ist", sondern nur sehr wenig und zu einem sehr hohen Preis.

Wie stark die kommunistische Ideologie in das Leben der Fiedlers eingegriffen hat, zeigt sich an ihren Überlegungen, Kinder in die Welt zu setzen.

Um sich für die Sache des Kommunismus bis zur Selbstaufgabe opfern zu können, haben Fiedlers den Kinderwunsch verworfen. Sie wollten der Idee des Sozialismus dienen, wollten unabhängig sein, wenn die "Mutter" zur Revolution aufrief. Sie wollten im Namen der Zukunft und damit im Namen der Kinder eine bessere Welt erobern. Im gleichen Atemzug jedoch verweigerten sie sich diesem Erlebnis. Das intimste und persönlichste Entscheidungsfeld in einer Ehe wird der Weltanschauung geopfert. Um diese psychische Last tragen zu können, müssen immer wieder Argumente dagegen gefunden werden. Waren es zunächst die Arbeitslosigkeit, dann die Aufgabe, die Revolution durchzuführen, so ist es jetzt der Nationalsozialismus, der einem die Kinder nimmt und zu Kanonenfutter degradiert. Der Einsatz der Kommunisten für eine Ideologie erlaubt es den Akteuren nicht, ihre menschlichen Bedürfnisse auszuleben. Sie müssen asketisch und selbstlos sich für die Partei und ein anonymes Proletariat opfern, um das Ziel des Sozialismus zu erreichen. Auffällig ist hierbei, daß innerhalb der kommunistischen Weltanschauung Argumente des Verzichts eine derartig große Rolle spielen. Die Fiedlers fragen sich nicht, welche Gründe sprechen für Kinder? Wenn sie schon für eine Zukunft kämpfen wollen, warum dann nicht für die ihrer leiblichen Kinder? Sie verdrängen ihre Bedürfnisse und lenken sie auf die politische Ebene ab. Das führt zu einer kritiklosen Haltung gegenüber der Parteiführung, da diese Familienersatz bietet - geistige und emotionale Geborgenheit und Sicherheit. Bezahlt wird diese Ersatzbefriedigung mit Gehorsam und Verzicht. Diese unsichtbaren

Bande halten die Mitglieder bei der Gefolgschaftsstange und ermöglichen die oft unsagbaren und unmenschlichen Opfer unter den kommunistischen Parteigenossen.

4.6 Die anderen Gefangenen

Beutler

Beutler ist ein jüdischer Lebensmittelverkäufer. Er wird als erster Flüchtling von seinen Verfolgern gefaßt und zusammengeschlagen nach Westhofen ins KZ geschafft. Bei seiner Ankunft ist er geistig gebrochen. Er stirbt nach der Gefangennahme. Auffällig an ihm ist seines großes, blankes Gebiß, das durch die körperliche Auszehrung im KZ verursacht wurde. Seine schwache und hilflose Art ist für die SA-Mannschaft geradezu eine willkommene Gelegenheit, ihren Sadismus auszuleben.
Derart mißhandelt, hat er für die berechnenden Gestapo-Kommissare Overkamp und Fischer keinen Wert.

"Das soll die Einlieferung vorstellen? Gratuliere. Da könnt ihr schleunigst ein paar Spezialärzte herbeitrommeln, daß sie dem Mann da seine paar Nieren und Hoden und Ohren zusammenflicken, damit er uns noch mal vernehmungsfähig wird! Schlau, schlau, gratuliere." (S.36).

Beutler ist das erste Opfer, welches am Kreuz hängen wird.

Pelzer

Eugen Pelzer ist der zweite Flüchtling, der nach

"genau sechs Stunden fünfundfünfzig Minuten" (S.58)

34

von den Suchmannschaften und den Bewohnern des Dorfes Buchenau auf dem Grundstück der Familie Wurm gefaßt wird. Pelzer hatte sich in einer Hundehütte versteckt. Die SA bringt ihn ins KZ Westhofen zurück.

Nicht Menschlichkeit der SA-Mannschaft, sondern Kalkül, Pelzer soll für das Verhör durch Overkamp und Fischer zur Verfügung stehen, verhindert, daß Pelzer gleich bei seiner Verhaftung oder auf dem Weg ins Lager mißhandelt wird. Pelzer fühlt sich verloren.

Den Verhörmethoden ist Pelzer nicht gewachsen. Overkamp versucht mit einer Mischung aus gespielter Höflichkeit und Strenge Pelzer ein ausführliches Geständnis zu entlocken. Dieser ist allerdings "harmloser" als Overkamp vermutet. Er ist der Meinung, Pelzers Ahnungslosigkeit sei gespielt und solle die anderen Flüchtlinge decken. Pelzer hat sich in dieser Situation schon selbst aufgegeben. Sein Charakter ist den unmenschlichen Strapazen der Flucht nicht gewachsen. Diesen Eindruck hat Georg Heisler von Pelzer gewonnen. Der Brutalität und der Macht des NS-Systems kann er keinen Glauben und kein Ziel entgegenhalten. Er muß unterliegen.

Belloni

Belloni ist Zirkusartist. Mit bürgerlichen Namen heißt er Anton Meier. Als Artist bezauberte Belloni seine Zuschauer. Verhaftet wurde Belloni, weil er zur französischen Künstlerloge Verbindungen unterhielt. Belloni ist ein ausgesprochener Individualist. Im Lager muß er die Befehlshaber mit seinen Kunststücken unterhalten. Schweigsam und geheimnisvoll, hilfsbereit und ruhig versucht er mit Hilfe seiner Freunde (Frau Marinelli) seinen Verfolgern zu entkommen. Belloni muß jedoch feststellen, daß seine Freunde observiert werden. Er wird mut- und hoffnungslos. Georg läßt er die Adresse von Frau Marinelli zukommen, obwohl er kein Vertrauen zu ihm hat. Er wird von der Polizei gestellt. Durch einen Sprung in den Tod entzieht sich Belloni der Verhaftung und verteidigt so seine Freiheit.

Aldinger

Aldinger war vor seiner Verhaftung Bürgermeister von Unterbuchenbach. Durch die Intrigen des jetzigen Bürgermeisters Wurz gerät Aldinger ins Konzentrationslager. Dort wird er aufs übelste zugerichtet. Der würdevolle Alte, mit seinem haarigen und wilden Gesicht, will zurück in sein Heimatdorf. Auf der Flucht zeigt Aldinger keine Angst. Auch überlegt er nicht, sondern handelt instinktiv. Als er oberhalb seines Dorfes anlangt, verlassen ihn die Kräfte. Er stirbt.

"Aldinger war jetzt oben angelangt... Immerhin, man sah das Dorf unter sich liegen... Eine kühle, gestrenge Helligkeit lag auf dem Dorf, Glanz und Wind in einem, daß es auf einmal so deutlich wie nie war und eben dadurch wieder entfremdet. Dann fiel ein tiefer Schatten über das Land... Groß und klein stand in dem Gebüsch und betrachtete sich den Toten. Schließlich machten die zwei eine Bahre aus ein paar Stecken. Sie trugen ihn ins Dorf hinein, an den Wachposten vorbei." (S.316ff).

Die Einwohner des Dorfes bekunden ihre Solidarität mit der Familie Aldinger. Ihm Hause des Toten ist kein "Heil Hitler" zu hören. Wurzens Haus muß bewacht werden, da er Racheakte der Dorfbewohner befürchtet. Der Alltag der Menschen scheint sie immun gegen die NS-Ideologie zu machen. Die Stabilität der menschlichen Beziehungen lassen diese Ideen nicht einsickern. Ein Hoffnungsschimmer für den Erzähler. Auch durch dieses Leben werden die Hakenkreuze gespült, ohne Schaden anzurichten, weil der psychische Boden undurchlässig ist und in den Menschen die Kraft zum Tragen kommt, die "unangreifbar und unverletzbar" ist. - Ein historischer Irrtum. Die historische Realität war eine andere. Denunziation und Verrat prägten den Alltag der Menschen in Deutschland. Diese Verhaltensweisen wurden vom System unterstützt, und die "Volksgenossen" wurden geradezu ermuntert, ihrer "Staatsbürgerpflicht" nachzukommen. Hilfe für Verfolgte und Flüchtlinge sowie Opposition fanden nur im geheimen statt. NS-Einrichtungen und NS-Vertreter waren 1937 in keinster Weise Ziele für aufgebrachte Bürger. "Lief etwas schief" oder sah man Ungerechtigkeiten, so lautete die Floskel: "Wenn das der Führer wüßte!" Die Menschen hatten durchweg Vertrauen in das NS-System, allemal in die Redlichkeit des Führers, auch wenn in ihrer direkten Umgebung Ungerechtigkeiten passierten.

Füllgrabe

Albert Füllgrabe, ein wohlhabender Kaufmann, wurde wegen einer "Devisengeschichte" (S.320) ins KZ eingeliefert. Füllgrabe beteuert, keine große Schuld zu haben. Er ist derjenige Gefangene, der mit dem Spaten den Wachposten zu Beginn der Fluchtaktion niedergeschlagen hat. Füllgrabe hadert mit seinem Schicksal, er sei in diese unglückliche Situation hineingeschliddert. In der Weimarer Republik habe er Sympathien für die Kommunisten gezeigt, hin und wieder eine Spende für die Partei aufgebracht, aber mehr sei auch nicht gewesen. Für ihn besteht subjektiv keinerlei Grund, in seinem Verhalten etwas Staatsgefährdendes zu sehen. Vielleicht wäre er sogar ein Anhänger des neuen Regimes geworden, wenn dieses ihm eine Chance zur Bewährung gegeben hätte. Aber den Nationalsozialisten ist seine Spendentätigkeit Anlaß genug, um ihn zu verdächtigen und zu verhaften. Am Ende seiner Flucht ist Füllgrabe mutlos und erschöpft. Sich freiwillig der Gestapo zu stellen, resultiert aus seinem Gefühl der Ohnmacht. Er ist allein, ausweglos erscheint ihm die Fluchtsituation, allmächtig dagegen wirken die Bedrohung und Verfolgung durch das Regime. Durch seine freiwillige Aufgabe hofft er auf Begnadigung durch seine Peiniger.

"Ich gebe auf, das ist das vernünftigste. Ich will meinen Kopf behalten, ich kann diesen Narrentanz keine fünf Minuten aushalten und zuletzt wird man doch gefangen." (S.245)

Aber auch er wird nicht verschont. Mit dem Opfer haben Fahrenberg und Zillich keine Gnade. Während des Verhörs erscheint Füllgrabe erschöpft, nervös und grau. Sein Körper zittert. Er ist geständig, und seine Peiniger sind gnadenlos.

Die Funktion der Flüchtlinge

Die Flüchtlinge werden nicht ausführlich charakterisiert. Ihr Schicksal dient als Kulisse für Georg Heislers Flucht. Die Flüchtlinge sollen beispielhaft einen soziologischen Querschnitt durch die deutsche Gesellschaft während des Nationalsozialismus repräsentieren. Bedroht werden von diesem Terrorregime potentiell alle Menschen in Deutschland ohne Unterschied. Sie müssen nur aus irgendeinem politischen, rassischen, religiösen oder persönlichen Grund der NS-Macht verdächtig gemacht werden, dann ist ihr Leben in Gefahr.
Diesen Gefangenen ist gemeinsam, daß sie keinen festen Glauben haben wie Wallau oder Heisler. Zwar wird Wallau eingefangen und ermordet, jedoch lebt er in Georg Heisler weiter. Sein Tod ist ein (scheinbar) sinnvolles Opfer. Die oppositionelle kommunistische Arbeiterschaft gedenkt seiner und nimmt seinen Tod zum Anlaß, die Widerstandsarbeit nicht aufzugeben. Der Tod der anderen bleibt ohne Geschichte. Ihre Flucht muß mißlingen. Sie können sich nicht in das Netz des kommunistischen Widerstands retten, durch welches Georg Heisler aufgefangen wird und so seinen Häschern entkommen kann. Sie sind Einzelkämpfer, die notwendigerweise umkommen müssen, weil das nationalsozialistische System den Menschen, die keinen starken Glauben haben, als Allmacht gegenübertritt und jede Hoffnung auf Rettung im Individuum zerstört. Das ist

auch der Grund, warum Albert Füllgrabe Georg Heisler auffordert, sich zu stellen. Er fühlt sich allein gelassen, ist ohne Hoffnung, hat kein Ziel und irrt durch die feindlichen Straßen. Es gibt keinen Menschen, der bereit ist, sich für ihn in Gefahr zu bringen.

Daß in dunkler Zeit auch der christliche Glaube retten kann, wird an Ellis Vater, Anton Mettenheimer, deutlich. Sein Glaube an Gott verhilft ihm, die Repression und die Schwierigkeiten, die er mit Georg als Schwiegersohn hat, zu ertragen und zu meistern. Sein Glaube schützt ihn davor, in den nationalsozialistischen Sumpf gezogen zu werden und unterzugehen und seine Identität in der braunen angepaßten nationalsozialistischen Masse zu verlieren.

Anna Seghers hat mit den sechs Flüchtlingen ein Handlungsmuster gestrickt, welches als Folie dient für Georgs Flucht. An diesen Flüchtlingen werden Macht und Grausamkeit des Systems und die Ohnmacht des einzelnen plastisch. Gleichzeitig wird aber auch das Geheimnis der Flucht veranschaulicht. Georgs Vertrauen in die kommunistische Ideologie und in die Partei bildet den inneren Motor für das Gelingen seiner Flucht.

4.7 Die Nationalsozialisten

Fahrenberg

Für den Lagerkommandanten Fahrenberg bedeutet die Flucht der Gefangenen und besonders die Flucht Georg Heislers ein persönliche Niederlage und Bedrohung. Denn sein Versagen wird sowohl seinen Vorgesetzten als auch seinen Untergebenen offenkundig und zeigt ihnen seine Schwäche.

Der junge SS-Leutnant Bunsen empfindet Schadenfreude über das Mißgeschick, welches Fahrenberg widerfahren ist. Die Flucht der sieben Häftlinge zeigt Bunsen die Schwächen seines Vorgesetzen, deren Kenntnis für ihn durchaus vorteilhaft sein könnte. Fahrenberg, der "Eroberer von

Seligenstadt", ist in seinem tiefsten Innern ein schwacher Charakter, der, um seine Minderwertigkeitsgefühle zu kompensieren, sadistisch und brutal die Gefangenen im Konzentrationslager mißhandelt. Er schämt sich seiner Herkunft aus dem Handwerkermilieu, und seine größte Angst ist es, in einem Installationskittel, eine verstopfte Röhre ausblasend, dem Broterwerb nachgehen zu müssen. Im Ersten Weltkrieg ließ sich Fahrenberg nottrauen. Sein Jurastudium hat er abgebrochen und sich der NS-Bewegung angeschlossen. Gemeinsam mit den Kampfgenossen vom SA-Sturm möchte er Deutschland erneuern. Schon früher galt er als Nichtsnutz, und als ideologischer Eiferer kennt er keine Gnade gegenüber Schwächeren und Andersdenkenden. In den Arbeitervierteln will er herumknallen, die Juden möchte er verprügeln. Stolz ist er auf seine Achselstücke, auf das Geld in der Tasche und auf seine Macht, die ihm die Uniform verleiht.

Rachsüchtig stürzt sich Fahrenberg in die Verfolgung der sieben Flüchtlinge, um sich vor anderen und sich selbst durch die erfolgreiche Jagd zu beweisen. Fahrenberg erkennt, daß diese Flucht für ihn nicht nur eine persönliche Niederlage darstellt, sondern auch seine Machtposition aufs äußerste gefährdet. Er spürt, daß seine Vorliebe für die Technik ihm keine Sicherheit mehr bietet gegen den Verlust der Macht. Seine Maske wird brüchig. Es sind andere Kräfte am Werk, die sein weiteres Schicksal bestimmen, die er nicht so leicht beeinflussen und zwingen kann wie seine Schaltungen oder die Gefangenen. Georg Heisler ist ihm ein Stachel im Fleisch. Der Kommunist Heisler ist für ihn ein Mann mit Rückgrat, und deshalb hat Fahrenberg Angst vor Georg und dessen erfolgreicher Flucht. Seine Allmachtsphantasien, seine Lust, Macht und Herrschaft über Schwächere auszukosten unter dem wachsamen Auge des Führers, wird angesichts der Flucht fragwürdig.

"Zwischen den beiden Fenstern hing das Bild des Führers, von dem er, wie er sich das zusammengereimt hatte, zur Macht bestellt war. Fast, nicht ganz zur Allmacht, Herr über

Menschen sein, Leib und Seele beherrschen. Macht haben
über Leben und Tod, weniger tut`s nicht... Meistens war der
Geschmack der Macht schlechthin vollkommen gewesen...
In den Verhören mit Heisler: Immer war sein Blick und sein
Lächeln übriggeblieben, ein Schimmer auf seiner Fresse,
auch wenn man noch und noch hineinhieb.- Mit der Genau-
igkeit, die den Vorstellungen Verrückter zuweilen eigen ist,
sah er jetzt bei der Meldung vor sich, wie das Lächeln auf
Georgs Gesicht mit ein paar Schaufeln Erde langsam
gelöscht und zugedeckt wurde." (S.161).

Die furchtbarste aller Strafen für Fahrenberg, der "Entzug
der Macht" schwebt wie das Damoklesschwert über ihm.
Fahrenberg stellt einen gesellschaftlichen Menschentypus
dar, der durch Kriegserfahrung und -gewöhnung nicht den
Weg ins bürgerliche Leben gefunden hat. Er orientiert sich
an autoritären Idealen und sucht in der NS-Bewegung Halt
und Sinn für sein gescheitertes Leben. Jede Kritik an
seinem Leben und seiner Funktion oder an der nationalsozialistischen Bewegung wird von ihm als Angriff aufge-
faßt und zum Verstummen gebracht. Die Wahrheit auszu-
halten, nämlich innerlich schwach und arm zu sein, ist
dieser Charaktertypus nicht fähig. Er lebt mit der Furcht vor
der Freiheit und mit der ständigen Anstrengung der Verdrängung, aber auch mit der Angst, irgendwann könnte sein
psychischer Panzer aufbrechen. Deshalb müssen alle Dinge und Menschen, die ihn an seine eigene Armseligkeit
erinnern, vernichtet werden. Darin liegt der Sinn seiner KZ-
Tätigkeit. Guten Gewissens ordnet er sich fragwürdigen
Idealen unter und gehorcht. Somit kann er sein brutales
"Geschäft" frei von jeglichem Schuldbewußtsein betreiben.
Besonders die Flucht des Kommunisten Georg Heisler führt
bei Fahrenberg zu einer Entwicklung, in der die Täter-
Opfer-Beziehung nicht mehr so einfach definiert werden
kann:

" Seine Gedanken hatten sich längst auf den einzelnen
Menschen geworfen, und sie konnten nicht mehr von die-

sem Menschen ablassen... Fahrenberg schlief und aß nicht
mehr, als sei er selbst der Verfolgte." (S.380).

Schließlich wird Fahrenberg abgelöst. Über sein Schicksal
wird gemutmaßt. Sicher ist jedoch, daß ihm Heislers Flucht
das "Kreuz" gebrochen hat. Georg Heisler, der Kommunist,
wird zum direkten Gegenspieler der nationalsozialistischen
Macht. Hier stehen sich nicht nur Menschen gegenüber,
sondern Sozialismus und Faschismus, Zukunft und Gegenwart.

"Fahrenberg fühlte zum erstenmal seit der Flucht, daß er
nicht hinter einem einzelnen her war, dessen Züge er
kannte, dessen Kraft erschöpfbar war, sondern einer
gesichtslosen, unabschätzbaren Macht. Aber er konnte
diesen Gedanken nur minutenlang ertragen." (S.449).

Zillich

Zillich ist Scharführer im KZ Westhofen. Nach dem Ersten
Weltkrieg hat er den Bauernhof durch Zwangsversteigerung
verloren und den Alkohol gewonnen. Zillich ist verheiratet
und hat zwei Kinder. Allerdings bietet ihm das Familienleben
keinen Halt. Um seine Unzufriedenheit und seine Minderwertigkeitsgefühle zu kompensieren, sucht er sich andere
Betätigungsfelder, die er im NS-System findet. Seine
Lebensangst verdrängt er durch gemeine Brutalität (Mord
an Wallau). Im KZ kann er seinen Sadismus ausleben.
Zillich steht in Abhängigkeit von Fahrenberg. Durch diesen
gelangt er in die Position des Scharführers. Seine innere
Leere offenbart sich in seiner Trunksucht. Seine nationale
Gesinnung ist nur ein notdürftiger Ersatz für die Flachheit
seines Empfindens. Die Flucht der sieben Häftlinge bedeutet für ihn einen Karriereknick. Die Angst vor sozialem
Abstieg innerhalb der Machthierarchie und einer Rückkehr
in das bäuerliche Milieu treibt ihn an, sich an der Men-
schenjagd zu beteiligen. Zillichs Sehnsucht nach Unter-

ordnung und Uniformen wurde auch im Ersten Weltkrieg geprägt. Sein Gefühl der Heimatlosigkeit hat er mit Fahrenberg gemeinsam. Für beide bietet der Nationalsozialismus die Chance, ihre gesellschaftliche und persönliche Ohnmacht hinter äußeren Allmachtsgebärden wie Gewalt und Terror zu verbergen. Zillich, der Quartalssäufer mit scharfem Verstand, kennt nichts anderes als Krieg führen. Deshalb ist er nach dem Ersten Weltkrieg gottfroh, seinen alten Kommandanten Fahrenberg wiederzutreffen und diesem ergeben zu dienen. Man könnte dieses Verhältnis mit dem Begriff der Kameraderie beschreiben.

"Man deckt einander, vertuscht Verfehlungen, kaschiert Schwächen und pflegt einen Korpsgeist, mit dem man sich nach außen abgrenzt und über andere erhebt... Kameraderie (ist) eine rein gruppenbezogene Komplizenschaft. Sie entzieht sich jeder Kontrolle und sinkt daher in ihrem moralischen Niveau immer weiter ab. Die Komplizen richten sich allein nach den Gepflogenheiten der Gruppe, nicht nach allgemein verbindlichen Maßstäben." (Sofsky, S.122f).

Bunsen

Der 19jährige SS-Leutnant Bunsen entspricht in seiner äußeren Erscheinung dem nationalsozialistischen Rasseideal. Groß und blond, fühlt sich Bunsen als germanischer Kämpfer. Der Erzähler stellt einen Vergleich mit einem Drachentöter an, wobei sich der Gedanke an Siegfried aus dem Nibelungenlied förmlich aufdrängt: jung, schön, blond und grausam - das Ebenbild des Arierideals, das nichts geschenkt haben möchte, sondern im Kampf erobern will. Selbstsicher und arrogant, spöttisch und ungeduldig tritt Bunsen Fahrenberg zur Seite, um die Gefangenen zu quälen. Im Gegensatz zu Zillich geht er mit System vor. Mit Bunsen tritt eine Figur auf, die ihre Prägung nicht mehr durch den Krieg erfahren hat, sondern durch das Ende der Weimarer Demokratie und den Nationalsozialismus. Die

Ergebenheit in das System, die Überzeugung auf der richtigen Seite der Macht zu stehen und für Führer und Volk Dienst zu tun, resultieren aus der nationalsozialistischen Erziehung und dem Bewußtsein, der Elite des deutschen Volkes anzugehören. Als Bunsen seine Braut Hanni aufsucht, erzählt diese, sie würde einen Sechswochenkurs auf der SS-Bräuteschule besuchen.

"Nichts sei wichtiger, meinte Bunsen.." (442).

Im Bewußtsein der Elite, im Gefühl der Eitelkeit schmückt sich Bunsen mit zwei jüngeren Kameraden, die in seinem Schatten stehen und die er gerade deshalb zu seiner Gefolgschaft auserwählt hat.
Er genießt seinen gesellschaftlichen Rang und seine Anerkennung.
Bunsen ist der verschlagene Ehrgeizling, der die Kameraderie für sein persönliches Fortkommen auszunutzen sucht. Er steht abseits, jedoch nicht so weit, daß ihm Gleichgültigkeit oder Illoyalität vorgeworfen werden könnte. Er ist aber auch nicht gewillt, sich rückhaltlos für Fahrenberg stark zu machen. Die Schwäche seines Kommandanten soll seine Stärke werden. Für ihn, den Karrieristen auf der Leiter des Terrors, ist die Flucht der Häftlinge aus dem KZ fast ein Glücksfall. Fahrenbergs Stellung wird zur Disposition kommen. Damit rechnet Bunsen insgeheim. Es ist eine Frage der Zeit, daß die alten Kämpfer ins zweite Glied zu treten haben und die jungen an ihre Stelle treten können.
Der junge SS-Leutnant Bunsen entspricht dem Klischee vom standardisierten SS-Mann, wie es bis heute kultiviert wird. Richtig ist, daß die SS bereits bei der Rekrutierung ihrer Mitglieder Standardregeln benutzte, von diesen jedoch bald Abschied nahm, weil die Norm nicht der Wirklichkeit standhielt.

"Schon 1938 begann man Brillenträger zu akzeptieren und senkte die Mindestgröße zuerst (von 1,72) auf 1,65, dann

auf 1,62 Meter. Als auch das letzte Reservoir ausgeschöpft war, warf man die Auslesebestimmungen ganz über Bord und zog ein, wessen man habhaft werden konnte: tausende ältere, frontuntaugliche Soldaten, `Volksdeutsche`, die kaum die deutsche Sprache beherrschten, Ausländer wie Kroaten, Ukrainer oder Litauer..." (Sofsky, S.128f.).

Overkamp und Fischer

Overkamp und Fischer sind beide Polizeikommissare. Fischer ist Overkamps Untergebener, kommt mit diesem jedoch sehr gut aus. Durch seine psychologischen Fähigkeiten unterstützt er den zielstrebigen und kalten Overkamp. Als ehemaliger Weltkriegsteilnehmer, jetziges NSDAP-Mitglied und Kommissar der Gestapo verbindet Overkamp zwei Eigenschaften: Linientreue und seine technokratische Brutalität. Der Idee und dem System treu ergeben, vom Bedürfnis getrieben, die Ordnung aufrechterhalten zu wollen, versucht Overkamp mit berechnender List und intelligenter Skrupellosigkeit den Gefangenen im Verhör Informationen über Georgs Flucht zu entlocken.

Gleichzeitig spürt Overkamp eine innerliche Unsicherheit über seine gesellschaftliche Funktion und Rolle, die er als Polizist im NS-System zu spielen hat. Jedoch scheut er sich, seine eigenen Gedanken weiterzuführen. Davor hat er Angst. Die idealisierten moralischen Mächte und Autoritäten dürfen nicht angezweifelt werden, da sie in ein anderes Licht geraten könnten. Vor dieser geistigen und psychischen Regung hütet sich Overkamp, weil auch er um seine soziale Sicherheit fürchtet.

Diesen Vertretern des Nationalsozialismus ist wohl die Auffassung gemeinsam, daß nicht das Leben, sondern die Ordnung und der Gehorsam die höchsten Tugenden darstellen. Diese Ordnung läßt sich ihrer Ansicht nach nur mit Gewalt schaffen und aufrechterhalten. Dem Führer und seinem Willen sowie den Repräsentanten der Macht ist nach dieser Vorstellung absolut zu gehorchen. Diese Unterwerfung ist für sie das höchste Gesetz. Ungehorsam und Kritik sind undenkbar. Jegliche emotionale Regung, die eigene Bedürfnisse signalisiert, muß unterdrückt werden. Wir haben es bei diesen Menschen mit dem autoritären Charaktertypus zu tun, der, nach Horkheimer, eine insgesamt starre und unveränderliche Struktur besitzt. Wesentliches Merkmal dieses Charakters ist seine Autoritätsgebundenheit sowie die bedingungslose Anerkennung dessen, was Macht besitzt. Zu den psychischen Dispositionen gehört auch der irrationale Nachdruck auf die Konventionen, wie äußerlich korrektes Benehmen, Erfolg, Fleiß, Tüchtigkeit, physische Sauberkeit und Gesundheit.

"Der nationalsozialistische Staat verfolgt unerbittlich jeden, der sich gegen die Volksgemeinschaft vergangen hat, er schützt, was des Schutzes wert ist, er bestraft, was Strafe verdient, er vertilgt, was wert ist, vertilgt zu werden. In unserem Land gibt es kein Asyl mehr für flüchtige Verbrecher. Unser Volk ist gesund, Kranke schüttelt es ab, Wahnsinnige schlägt es tot..." (S.321).

Im Sprachduktus der nationalsozialistischen Rassenlehre gibt Fahrenberg den KZ-Häftlingen eine Kostprobe seiner Weltanschauung und seines Charakters.
Mit diesem Beschreibungsmodell verläßt die Kommunistin Anna Seghers orthodoxen Lehrboden. Für die Kommunisten waren psychologische und soziologische Erklärungsansätze für die Beschreibung menschlichen Sozialverhaltens nicht annehmbar. Die Psychologie und Soziologie standen in dem Ruf, "bürgerliche" Wissenschaften zu sein, die mithalfen, die Klassengesellschaft zu verschleiern. Um so erstaunlicher ist es, daß Anna Seghers sich von dem rein ökonomischen Deutungen - zumindest in diesem Roman - löste.
Dennoch bleibt bei der Charakterisierung der Nationalsozialisten die klischeehafte Komposition erhalten. Es scheint undenkbar, daß Vertreter des NS-Regimes nicht

nur ansatzweise menschliche oder gar mitleidende Regungen äußern, sondern vielleicht auch gute Familienväter oder kritische Vorgesetzte sind, die ihre Ängste annehmen oder zumindest erkennen und in Widerspruch geraten zu ihren Überzeugungen. Die Licht- und Schattenseiten sind im Roman deutlich getrennt. Es gibt die Guten: Kommunisten, KZ-Häftlinge, Fluchthelfer, das einfache Volk - und die Bösen: die Nationalsozialisten, die Gestapo, die KZ-Wärter. Mit dieser literarischen Konstruktion der historischen Wirklichkeit kommt die Autorin ihrer Absicht, "die Struktur des Volkes auf(zu)rollen" nicht allzu nahe. Vielmehr zeigt sich darin das Bedürfnis, eine äußerst komplexe Wirklichkeit in einfachen Bildern und dichotomen Schablonen darstellen zu wollen. Diese Sichtweise war unter den Exilanten weit verbreitet. Heinrich Fraenkel (1897-1986) Jude, 1935 Emigrant, urteilte 1960: "Vom Blickpunkt des Emigranten sahen die Dinge einfacher aus, als sie waren. Wir hatten unsere Helden, die in den KZs oder in der Illegalität saßen, und wir hatten unsere Teufel: die saßen auf den Sesseln der Macht oder bedienten die Vollzugsmaschinerie der Machthaber. Erst viel später lernte ich, daß nicht alle unsere Helden gar so heldisch und nicht alle unsere Teufel gar so teuflisch waren; und daß die menschlichen und sachlichen Beziehungen der Wirklichkeit viel komplexer waren, um in die Schwarz-Weiß-Malerei unserer Emigrantenträume zu passen." (nach H.-J. Eitner, S.409f).

5. Die Darstellung der Weimarer Republik

"Wenn man kämpft und fällt und ein anderer nimmt die Fahne und kämpft auch, und der nächste nimmt sie und muß dann auch fallen, das ist ein natürlicher Ablauf, denn geschenkt wird uns gar nichts." (S.183).

Diese Überlegungen stellt der fiktive Erzähler im Roman an. Der politische Klassenkampf, wie ihn die KPD in den Jahren bis zur Hitlerdiktatur gegen die Weimarer Republik führt, wird als biologisches Problem gesehen: Der Tod des Revolutionärs wird als das natürliche Resultat gesellschaftlicher Auseinandersetzung in Kauf genommen. Anna Seghers beschönigt mit einer metaphorischen Paraphrase eine traurige Wirklichkeit. Die Demokratie ist für die KPD nichts Verteidigenswertes. Sie ist Ausdruck der kapitalistischen Herrschaft über das Proletariat. So sind alle Formen des Kampfes, von der mündlichen und schriftlichen Agitation und Propaganda, über die Saalschlägerei mit der SA, über Straßenschlachten mit der Polizei, bis hin zur Planung des Bürgerkriegs, legitime Äußerungen kommunistischer Politik gegen das demokratische System.

"Im Berliner Stadtteil Prenzlauer Berg mußte die Polizei ganze Straßenzüge absperren, weil Heckenschützen des verbotenen Miltärapparates der K.P.D. auf Uniformierte und Zivilisten schossen. Vorausgegangen waren am Bülowplatz, in unmittelbarer Nähe des Karl-Liebknecht-Hauses, die Morde an den Polizeihauptleuten Paul Anlauf und Franz Lenck. Einer der beiden jungen Kommunisten, die während einer provisorischen Sitzung der Parteileitung Berlin-Brandenburg von Ulbricht und Neumann den Befehl erhalten hatten, die tödlichen Schüsse abzufeuern, hieß Erich Mielke... Tatsächlich war die Gewalt (im Jahr 1931 M.Z.) nun zusehends Sache der K.P.D., vor allem ihres Militärapparates geworden." (Reuth, Goebbels, S.205-206).

Diese Wirklichkeit ist gemeint, wenn Anna Seghers von der biologischen Ordnung der Dinge spricht, die ihre Opfer verlange und in der es natürlich sei, wenn ein Mensch dabei "fiele". Durch diese Darstellung wird verdrängt, daß die Kommunisten bewußt die gewalttätige Auseinandersetzung führten, um Machtansprüche durchzusetzen, ohne Rücksicht auf Leben und Gesundheit der Menschen. Moral und Wahrheit werden instrumentalisiert nach dem Nützlichkeitskriterium. Deshalb können die Kommunisten auch guten Gewissens mit den Nationalsozialisten gegen die Demokratie kämpfen, weil sie glauben, gemeinsam schneller an ihr Ziel zu gelangen. Mit der Machtergreifung durch die Nationalsozialisten kamen (nicht nur) die Kommunisten "vom Regen in die Traufe".

Aus dieser furchtbaren Erfahrung heraus wird die Vergangenheit romantisiert und idealisiert. Sie wird zu einer" schönen Erinnerung" an die Zeit der "ehrlichen Kämpfe", da der Gegner sich an Spielregeln hielt und den Kommunisten es möglich war, im Schutz von Gesetzen, die man für sich ausnützte, der bürgerlich demokratischen Gesellschaft feindlich entgegenzutreten. Geleugnet wird hierbei später der eigene Schuldanteil an der bewußten Zerstörung der Demokratie.

In ihrem blinden Gehorsam Stalin gegenüber, in ihrem blinden Glauben an eine dogmatische Theorie, in ihrer Blindheit der Wirklichkeit gegenüber, half die KPD politisch tatkräftig mit, ein Gesellschaftssystem zu zerstören, welches eigentlich ihr Überleben gesichert hätte, weil es prinzipiell den Menschenrechten und den demokratischen Spielregeln verpflichtet war. Diese Überlegungen werden im Roman allerdings systematisch ausgeblendet, und so kann der Mythos vom Antifaschismus, die Kommunisten seien die konsequentesten und ehrlichsten Widerstandskämpfer gewesen, die bis zu ihrer Niederlage und Vernichtung sich und ihrer Idee treu geblieben sind, guten Gewissens dargestellt und gepflegt werden. Leider wird bei dieser Sichtweise der Dinge vergessen, daß das erste Opfer dieser kommunistischen Politik die Weimarer Demokratie war.

6. Historische Bezüge

6.1 Der historische Ort: Das KZ Osthofen

Die... Schriftstellerin Anna Seghers erfuhr von der Existenz dieses Konzentrationslagers, das nur wenige Kilometer südlich ihrer Geburtsstadt Mainz lag, im Exil.

Osthofen liegt auf halber Strecke zwischen Mainz und Ludwigshafen, wenige Kilometer vom Rhein entfernt. 1933 im April, vermutlich am 15., errichteten die Nazis hier ihr erstes Konzentrationslager im Regierungsbezirk Hessen. Politisch Mißliebige, Kommunisten, Sozialdemokraten, Zentrumsleute, Mitglieder der Arbeiterwohlfahrt und auch einige Juden wurden hier in Schutzhaft genommen, so nannten die Nazis das. Das KZ entstand auf dem Gelände einer heruntergewirtschafteten Papierfabrik. Der langgestreckte Bau aus rotem Backstein steht heute noch, unmittelbar an der Bahnlinie, wenige Meter vor dem Bahnhof Osthofen. Nach dem Krieg wurde hier eine Möbelfabrik eingerichtet - das steht mit großen Buchstaben auch noch außen am Gebäude dran -, heute steht der Komplex leer. Auf dem Gelände, in einem Nebengebäude, wohnt eine Familie. Auch wenn man sich heute ungern daran erinnert - was die Nazis in der alten Fabrik trieben, das blieb niemandem verborgen... Die Nazis nannten dieses Lager ein 'Umerziehungslager für verwilderte Marxisten', wie es in einem Bericht mit dem Titel 'Erziehungs- und Besserungsanstalt in Osthofen' im Frankfurter Volksblatt vom 22./23. April 1933 zu lesen war...

Osthofen war ein reines Männerlager. Höchste Aufnahmekapazität waren zirka zweihundert Menschen. Wer in Osthofen eingeliefert wurde, war zunächst verhaftet und in ein örtliches Gefängnis oder in einen Gestapo-Keller eingeliefert worden...

Die Einweisung ins KZ Osthofen erfolgte ohne Haftbefehl durch die Staatsanwaltschaft. Ausführende und bestimmende Organe waren die Geheime Staatspolizei, SS und SA. Die Verwaltung des rheinhessischen Lagers wurde - anders als in den großen KZs der Kriegsjahre üblich - von Einheimischen übernommen...

In Osthofen gab es - ähnlich wie in den großen KZs Buchenwald, Auschwitz oder Dachau - eine sogenannte illegale Lagerleitung; eine - selbst vor den meisten Häftlingen verborgene - Gruppe meist linksorientierter Gefangener bildete eine Organisation, die für einzelne Häftlinge bestimmte Vergünstigungen erwirken konnte. Dagegen, daß diese Lagerleitung ein wirklich schlagkräftiges Instrument gegen die Bewacher werden konnte, sprach die Größe des Lagers in Osthofen und dessen Überschaubarkeit für die Wachmannschaften...

Die Mehrheit der Bevölkerung in Osthofen hatte sich wohl schnell mit der braunen Nachbarschaft arrangiert. Wie sagte einer der Bürger? "Am 1. Mai habe ich im KZ auch mal mit dem Gesangsverein gesungen... Außerdem war es ganz bequem, daß die KZler manche Dreckarbeit machen mußten, von der man sich dann selbst drücken konnte."

Peter Frey: Auf der Suche nach einem Nazi-KZ in Rheinhessen, in: "Das siebte Kreuz" von Anna Seghers, Texte, Daten, Bilder Hg. Sonja Hilzinger, SL 918, 1990, S.156ff.

6.2 Dr. Kurt Löwenstein

Für die Figur des jüdischen Arztes Dr. Löwenstein im Roman "Das siebte Kreuz" hat Anna Seghers den Namen wahrscheinlich von dem jüdischen Pädagogen Dr. Kurt Löwenstein, dem Schulreformer und Schulpolitiker, Reichstagsabgeordneten und Stadtrat für Schulwesen in Berlin-Neukölln entlehnt. Als Mitglied der SPD stand er mit seinen Ideen zur Erziehung und Bildung der Arbeiterjugendlichen im Kreuzfeuer der linken und rechten Kritik. Einerseits stand er ideologisch in vielen Punkten der KPD nahe, andererseits sah er in der Verteidigung der Weimarer Republik ein wesentliches Moment seiner politischen Arbeit. Dr. Löwenstein gehörte in der Weimarer Republik zu den führenden bildungspolitischen Theoretikern. Durch seine zahlreichen Veröffentlichungen stand er im Mittelpunkt einer demokratisch-sozialistischen Bildungspolitik. So forderte er die Trennung von Schule und Kirche und vertrat nachdrücklich den Einheitsschulgedanken. Dieses öffentliche Engagement konnte Kurt Löwenstein auch in praktischer Hinsicht umsetzen. Seine Stellung als Stadtrat für das Schulwesen in dem bis 1933 von Arbeitermehrheiten (SPD/KPD) regierten Neukölln gab ihm die Möglichkeiten an die Hand, erste Realisierungsversuche zu unternehmen. Daß Kurt Löwenstein ernstgenommen wurde, auch von seinen Gegnern, zeigt, daß der "Völkische Beobachter" dem engagierten Pädagogen und Politiker einen Hetzartikel mit der Überschrift "Die Kinderfreundebewegung des Juden Dr. Kurt Löwenstein" widmete. Nach der Machtergreifung Hitlers wurde auf Kurt Löwenstein am 27. Februar 1933 ein Mordversuch von der SA unternommen, der jedoch fehlschlug. Für Anna Seghers dürfte Kurt Löwenstein kein Fremder gewesen sein, wenn man bedenkt, daß ihr Mann Laszlo Radvanyi Leiter der "Marxistischen Arbeiterschule" in Berlin war und natürlich für die Ideen Löwensteins schon aus beruflichen und politischen Gründen ein offenes Ohr zeigen mußte. Dr. Löwenstein mußte am Tag des Reichstagsbrands, am 28. Februar 1933, Deutschland verlassen. Zunächst fand er Zuflucht in Prag, dann in Paris. Am 8. Mai 1939 starb Dr. Kurt Löwenstein in Paris.

Vgl. Weimarer Republik, Hg. Kunstamt Kreuzberg, 1977, S.545ff.

6.3 Die Verratsszene

Anna Seghers schildert im 7. Abschnitt des Zweiten Kapitels die geplante Fluchthilfe für Wallau. Wallau sollte nach der Flucht in einer Gartenlaube Unterschlupf finden,

"wo für ihn Geld und Kleider bereitlagen,... Diese Laube gehörte einer Familie Bachmann. Der Mann war Trambahnschaffner. Beide Frauen (Wallau und Bachmann) waren vor dreißig Jahren in die Schule gegangen, ihre Väter schon waren Freunde gewesen und auch später ihre Männer. Beide Frauen hatten gleichzeitig alle Lasten des gewöhnli-

*chen Lebens getragen und in den letzten drei Jahren auch
die Lasten des ungewöhnlichen. Bachmann war freilich
Anfang 33 kurz verhaftet gewesen. Er lebte seither in Arbeit
und ungeschoren." (S.152).*

Otto Bachmann ist zum Gestapo-Spitzel geworden. Seine
Frau spürt das.

*"Seitdem er damals plötzlich entlassen wurde, ist er verän-
dert." (S.155).*

Bachmann verrät Wallaus Unterschlupfort. Wallau wird
verhaftet. Bachmann begeht Selbstmord. Er erhängt sich in
der Mansarde mit einem Wäscheseil. (S.217).
Eine historische Parallele finden wir in den Umständen der
Verhaftung des KPD-Vorsitzenden Ernst Thälmann 1933.

*"Ernst Thälmann sollte - nach dem Beschluß der KPD - den
Kampf gegen den Faschismus vom Ausland her fortsetzen.
Seine Abreise war für den 5. März festgesetzt. Bis dahin
hatte ihm die Partei eine sichere illegale Unterkunft außer-
halb Berlins besorgt. Aber Thälmann mochte in der entscheidenden Zeit zwischen Reichstagsbrand-Provokation
und Reichstagswahlen den direkten Kontakt zu seinen ZK-
Genossen nicht missen. Das und der Verrat des Kassierers
der Gartenkolonie "Havelblick", Hermann Hilliges, wurden
ihm zum Verhängnis. Am 3.März 1933 verhaftete ihn ein
Kommando der Polizei in der illegalen Wohnung Lützower
Str. 9 in Berlin -Charlottenburg. "*

Hannes Heer, Thälmann, rororo,1975, S.119.

7. Die Sprache

Bei der Betrachtung der sprachlichen Gestaltung des Romans fallen zunächst die symbolischen Motive auf: die Zahl

Sieben und das Kreuz. Beide Motive bilden das eigentliche inhaltliche und formale Strukturprinzip des Romans. Das Kreuz hat eine dialektische Funktion. Einerseits symbolisiert das Kreuz den Schandpfahl. In dieser vorchristlichen Bedeutung wird dem NS-Regime eine archaische Bewußtseinshaltung zugesprochen. Je länger die Flucht Georg Heislers andauert, um so mehr verliert das siebte Kreuz seinen Demütigungscharakter und wird zum Symbol der Hoffnung und des Vertrauens in die Menschen in Deutschland, die sich gegen die Diktatur wehren. Das leere Kreuz ist Beweis dafür, daß es diese Deutschen gibt.

Der Rückgriff auf die symbolische Zahl Sieben hat neben der Verdeutlichung des Totalitätsanspruches des NS-Regimes auch die Funktion, dessen Machtlosigkeit zu demonstrieren.

Das enge Anknüpfen an Märchentechniken zeigt sich in der häufigen Verwendung von Diminutiva für die Beschreibung von bestimmten Charakteren. So finden sich Namen wie "Holzklötzchen" und "Hechtschwänzchen" oder "Pfeffernüßchen". Diese Figuren haben etwas Unberechenbares und Launenhaftes. Sie können gefährlich werden, weil ihre Neugierde den persönlichen Bereich ihrer Mitmenschen mißachtet und ihr Schamgefühl nicht in dem Maße ausgeprägt ist, daß sie die Regeln des Anstands und der Höflichkeit wahren können. Gleichzeitig versuchen sie sich einer sozialen Kontrolle durch die Obrigkeit durch ihre Gewitztheit und intuitive Schlauheit zu entziehen.

Durch die emotionale Konnotation mit Märchenfiguren (Rumpelstilzchen) wird der Leser in einen Schwebezustand versetzt, der ihn zwischen Märchen- und Traumwelt, fiktionaler und historischer Realität oszillieren läßt.

Ein weiteres sprachliches Gestaltungsmittel bilden landschaftlich gefärbte Begriffe wie "utzen" (necken) oder "Uhl" (Eule).

Umgangssprachliche und mündliche Diktionen finden sich durchgängig im Roman. Unmittelbarkeit und Handlungsnähe werden durch diese Technik produziert. Auch wird eine schichtspezifische sprachliche Charakterisierung vorgenommen. Die Sprache der "einfachen Leute", der Arbeiter und Bauern, die in einer bestimmten Landschaft leben, die in ihrer Heimat beruflich und privat, aber auch gefühlsmäßig verwurzelt sind, werden so von der Autorin hervorgehoben. Die Welt des Alltags bekommt sogar etwas Paradiesisches, wenn man die Beschreibung der Rhein-Main-Landschaft betrachtet. Die Gehöfte der Mangolds und Marnets liegen unbehelligt von den politischen und historischen Umwälzungen und haben ihre Dauer im politisch-gesellschaftlichen Wandel behauptet. Sie bilden gleichsam eine Gegenwelt zur "Hölle" des NS-Systems.

Symbolisch für die Beharrlichkeit des einfachen und alltäglichen Lebens steht der Schäfer Ernst. Er steht fest auf beiden Beinen, blickt ruhig, mit seiner unnachahmbaren, spöttisch-hochmütigen Haltung - von oben herab - in die Ebene. In diesem historischen Wandel klingt die Geschichte des Nationalsozialismus wie eine Episode in einem ewigen Märchen:

"Brennende johlende Stadt hinter dem Fluß! Tausende Hakenkreuzelchen, die sich im Wasser kringelten! Wie die Flämmchen darüberhexten! Als der Strom morgens hinter der Eisenbahnbrücke die Stadt zurückließ, war sein stilles bläuliches Grau doch unvermischt. Wie viele Feldzeichen hat er schon durchspült, wie viele Fahnen. Ernst pfeift seinem Hündchen, das ihm das Halstuch zwischen den Zähnen bringt." (S.18).

Dieser sprachliche Stil hat die Tendenz, dem Leser den Strom des historischen Prozesses als eine übernatürliche und unanfechtbare Kraft erfahrbar zu machen. Die Erzählung wird dadurch nicht nur zu einem emotionalen Bekenntnis der Autorin zur Landschaft und zu den Menschen, sondern auch zu einem politischen Heimatroman mit Dissonanzen.

Der sprachliche und inhaltliche Bruch kommt nicht nur durch den Wechsel der Erzählperspektive, sondern auch durch die nüchterne Wortwahl und den einfachen Satzbau. Kühler Sprachstil und klare Aussage sorgen für Nachdrücklichkeit und notwendige Sachlichkeit:

"Jetzt sind wir hier. Was jetzt geschieht, geschieht uns."
(S.18).

Die kontemplative Betrachtung der Idylle muß zerstört werden, weil eine Geschichte sachlich genau erzählt werden soll, die in der Welt des Faschismus sich zuträgt, die den Alltag der Menschen berührt, den Leser und den Erzähler betrifft, jedoch irgendwann eine vergangene Geschichte sein wird. Bleiben wird das einfache, bodenständige Leben in der Ordnung der Natur.
In der sprachlichen Gestaltung des Romans wird diese Dialektik der menschlichen und gesellschaftlichen Beziehungen deutlich.
Neben der fiktiven Geschichte gibt es die dargestellte historische Gegenwart. Namen von Persönlichkeiten aus der Arbeiterbewegung wie Bebel, Liebknecht, Rosa Luxemburg, Dimitroff oder Beimler und Seeger finden Eingang in den Roman. Der kommunistische Funktionär Dimitroff erlangte durch den Reichstagsbrandprozeß Weltberühmtheit. Beimler und Seeger konnten aus Konzentrationslagern flüchten und kämpften im Spanischen Bürgerkrieg. Sie wurden zu legendären Figuren, die auch in Arbeiterkampfliedern verehrt wurden und als revolutionäre Vorbilder galten. Der Spanische Bürgerkrieg (1936-39) wird immer wieder thematisiert. Die Geschichte des Spartakusbundes wird aufgegriffen. Die Arbeitswelt wird mit den Farbwerken Hoechst veranschaulicht.
Auf der anderen Seite gestaltet die Autorin die Welt des Nationalsozialismus. Es finden sich Hitlerbezüge wie: "Gebt dem Hitler, was des Hitlers ist." (S.253). Die Autorin wandelt hier ein bekanntes biblisches Zitat ab: "Gebt dem Kaiser, was des Kaisers ist." (Mt. 22, 15-22). Sie macht eine Anspielung auf Geli Raubal, Hitlers Geliebte, die durch Selbstmord endete. Die nationalsozialistischen Terrororganisationen

SA und SS sowie die Gestapo werden genannt. Die "Darré - Schule" wird erwähnt. Walter Darré wurde 1933 von Hitler zum Reichsminister für Ernährung und Landwirtschaft ernannt. Auch die Freizeitorganisation KDF (Kraft durch Freude) der DAF (Deutsche Arbeitsfront) findet ihren Platz im Roman. Die Konzentrationslager Dachau und Oranienburg als realhistorische Bezüge werden in die Fabel aufgenommen.

Anna Seghers schafft durch diese sprachlichen Komposition sowohl eine Traditonsanbindung und Identität als auch ein sprachliches Bekenntnis zur "Sache der Arbeiterklasse und ihrer Partei". Gleichzeitig wird durch Historisierung und Gegenwartsbezug eine Form der Authentizität geschaffen. Die so gestaltete fiktive Welt des Romans erscheint glaubwürdig, so daß dem Roman in der Rezeptiongeschichte fälschlicherweise sogar geschichtlicher Quellencharakter zugesprochen wurde.

8. Die literarische Form

8.1 Die Darstellungstechnik

Anna Seghers bedient sich der Romanform für die Erzählung ihrer Geschichte. Dabei verzichtet sie jedoch auf eine strenge Chronologie der Ereignisse. In literarischer Montagetechnik wird in sieben Kapiteln mit insgesamt 44 Unterkapiteln die Geschichte von der Flucht der sieben Häftlinge erzählt, die an sieben Tagen stattfindet und von denen sechs Häftlinge an sechs Kreuzen binnen sechs Tagen umkommen, während das siebte Kreuz am siebten Tag nicht mit dem siebten Häftling besetzt wird, weil diesem im siebten Romankapitel die Flucht glückt.

Die Handlung ist in insgesamt 127 Einzelabschnitte aufgelöst, die entweder parallel geführt werden oder kontrastierend einander gegenüberstehen; eine kurze Rahmenhandlung am Anfang und am Schluß trägt das formale Gerüst; Rückblenden, Dialoge und innere Monologe bilden wesentliche

Bestandteile der literarischen Technik. Diese Erzähltechnik, verbunden mit der Thematik und der sprachlichen Gestaltung, macht diesen Roman für den Leser spannend. Die Unterkapitel geben dem Leser Einblick in das facettenreiche Leben der beteiligten Personen. Mittelbar oder unmittelbar werden diese Menschen hineingezogen in die Verwicklungen der Flucht, und die Autorin führt sie alle ihrem Ziel zu. Für den Leser ensteht zunächst der Eindruck, er sähe während der Lektüre nur unzusammenhängende Splitter der Wirklichkeit. Am Ende jedoch steht er einem literarischen Gemälde gegenüber, das nicht nur unterhalten, sondern in seiner Komposition gefesselt hat. Diese Technik erlaubt es der Autorin auch, verschiedene Erzählperspektiven anzuwenden. Wir finden die Autorin als auktoriale Erzählerin, die aus der Vogelperspektive dem Leser mitteilt, was gleichzeitig an verschiedenen Handlungsorten geschieht. Wir hören in Georg Heisler hinein und lesen den inneren Monolog. Der Leser kann gleichsam in Herz und Gedankenwelt des Helden blicken und etwa seine Zwiegespräche mit Wallau verfolgen oder Georgs Angst miterleben. Sowohl im Prolog (S.11-13) als auch im Epilog (S.451-453) benützt die Autorin die personale Erzählperspektive. In der kollektiven "Wir"-Form, die die Stimme der KZ-Häftlinge ist, wird der Leser in diese unglaubliche Geschichte der Flucht eingeführt und in der "Wir"-Form findet diese Begebenheit ihren Abschluß. Die Autorin kann sich und den Leser somit in eine Perspektive rücken, die es beiden erleichtert, die Geschichte der Flucht mit den Augen der Verfolgten und Gefangenen zu lesen. Dadurch wird die Sympathie des Lesers für die Flüchtlinge geweckt, und die Bereitschaft, mitzubangen und mitzuleiden, wird verstärkt und findet im optimistischen Schluß ihre Belohnung. Die formale Gestaltung des Romans unterstützt die inhaltlichen Absichten der Autorin. Sie will dem Leser eine Geschichte erzählen, die spannend, unterhaltsam, glaubwürdig und lehrreich ist. Mit der Montagetechnik und den verschiedenen Erzählperspektiven wird es dem Leser ermöglicht, sich während der Lektüre an verschiedenen Orten, in verschiedene Menschen und Gedankenwelten einzufinden und damit ästhetisch-literarischen Genuß zu erfahren.

8.2 Der sozialistische Realismus

Die Frage, inwiefern diese literarische Technik die national-sozialistische Wirklichkeit und damit die historische Wirklichkeit widerspiegelt, ist umstritten. Anna Seghers, die 1929 Mitglied des "Bundes proletarisch-revolutionärer Schriftsteller" (BPRS) wurde, hat sich in einem Briefwechsel mit dem damaligen kommunistischen Literaturtheoretiker Georg Lukács auseinandergesetzt. Lukács forderte die linken Schriftsteller auf, sich an Autoren wie Goethe, Thomas und Heinrich Mann oder den französischen Realisten des 19.Jhs. zu orientieren. Seine Begründung dafür lautete, diesen Schriftstellern sei es in vorbildlicher Weise gelungen, die historische Realität in ihrer Totalität in ihren Büchern abzubilden und dem Leser erfahrbar zu machen. Diese literarische Technik sei deshalb ein Beitrag zur Erkenntnis der realen Verhältnisse in der kapitalistisch-bürgerlichen Klassengesellschaft mit Hilfe der Literatur. Die Kommunisten müßten jetzt dieses bürgerliche Erbe für ihre revolutionäre Kunst übernehmen und sich nicht elitären und "massenfeindlichen" Formspielereien hingeben. In Verbindung mit der Theorie des sozialistischen Realismus, die aus der stalinistischen Sowjetunion stammte und die von der KPD-Kulturabteilung verbindlich übernommen wurde, sollten jetzt die deutschen linken Künstler unter Leitung des BPRS von modernen Experimenten, wie Montagetechniken, Sprachexperimenten, Wechsel der Erzählperspektiven, Aufhebung der fiktionalen Welt durch Traumwelten, Verschwimmen der Grenzen von Realität und Phantasie, Einführung neuer Theatertechniken, wie Brechts Verfremdungseffekt, absehen und sich "verständlichen", den Gewohnheiten der Masse adäquaten und der herrschenden politischen Linie in der kommunistischen Bewegung genehmen Formen zuwenden. Anna Seghers wehrte sich gegen die

Auffassungen Lukács`. Sie vertrat die Meinung, die gesellschaftliche Wirklichkeit nach dem Ersten Weltkrieg sei für den einzelnen, auch für den Schriftsteller, nicht mehr total erfahrbar, da die gesellschaftlichen Entwicklungen derartig vielfältig und kompliziert seien, so daß auch der kommunistische Schriftsteller diese Realität nur noch mosaikhaft und fragmentarisch wahrnehmen und künstlerisch gestalten könne. Für ihn sei es möglich, viele verschiedene Gesichtspunkte und eigene Erfahrungen oder anderer zu gestalten, aber unmöglich, die Struktur der Klassengesellschaft in ihrer Gesamtheit im Kunstwerk zu erfassen. Damit unterstützt Anna Seghers den subjektiven Gedanken im Kunstwerk und kann so die literarische Technik der Montage, bei der sie die Einzelteile nach eigenem Gutdünken und Urteil zusammensetzt, anwenden. Gleichzeitig ist es ihr möglich, die Struktur der historischen Realität in Bruchstücken oder verzerrt wiederzugeben, weil eine Objektivität und Totalität der Erfahrungen und ihre künstlerisch-ästhetische Abbildung nicht mehr möglich sind. Der Roman "Das siebte Kreuz" trägt die Züge ihrer Opposition (Montagetechnik, Wechsel der Erzählperspektive, kein allzu positiver Held) gegen diese ideologische Ausrichtung durch die kommunistische Kunstdoktrin, aber auch die ihrer Zugeständnisse an die Kulturpolitik der Partei. So wird im Roman der kommunistische Funktionär Wallau kritiklos dargestellt (der ideologische Führer), Heisler erhält Attribute eines revolutionären Helden, der im KZ das Fegefeuer durchlebt und innerlich (ideologisch und persönlich) "gestählt" daraus hervorgeht, sogar bereit ist, nochmals diese Erfahrungen zu machen. Es bleibt der optimistische Tenor - selbst bei traurigen Ereignissen. Des weiteren findet sich keine Kritik an der kommunistischen Politik in der Weimarer Zeit. Vom sozialdemokratischen Widerstand etwa erfährt der Leser nichts. Die Moskauer Prozesse, die Paul Röder gegenüber Georg andeutet, werden von diesem in keinster Weise als Anlaß zur Reflexion gesehen. Der Spanische Bürgerkrieg und die Rolle der Kommunisten unter Stalins Führung werden nicht kritisch gewürdigt. Wir finden Scheinfiguren, edle und verruchte Gestalten, und Scheingefühle wie die entsexualisierte Liebe. Die Widersprüchlichkeit der Wirklichkeit und der Menschen in ihr wird zugunsten einer gewissen Eindimensionalität und Vereinfachung preisgegeben. Auch die Frage der Sinnhaftigkeit des kommunistischen Widerstands und seiner realen Chancen wird nicht gestellt. Hier wird von der Autorin an einem Mythos des Antifaschismus gestrickt, in dem die kommunistische Idee und ihre Träger verklärt und unangreifbar werden. Anna Seghers zeigt in ihrem Roman nicht so sehr die Struktur des deutschen Volkes unter der NS-Diktatur auf, als vielmehr die des kommunistischen Widerstands. Sie beschreibt die Aufgaben, welche die aktiven und bewußten illegalen Parteiarbeiter im nationalsozialistischen Deutschland hatten: die Gleichgültigen, die Schwankenden, die scheinbar Unbeteiligten, die Unschuldigen und Gutgläubigen zu gewinnen, ihnen eine sinnvolle Perspektive zu weisen, um die Volksfrontbewegung unter kommunistischer Führung durchzusetzen.

9. Zur Entstehungsgeschichte des Romans

9.1 Der literarische Stoff

Girnus:...<Das siebte Kreuz> war ja nun in seiner Thematik eine Geschichte, die Sie nicht selbst erlebt haben konnten, weil Sie ja schon zuvor aus Deutschland flüchten mußten. Wie kam es zu diesem Stoff?

Seghers: Man hat mir oft erzählt von den Vorkommnissen in Konzentrationslagern. Ich erzählte Ihnen schon, ich war oft im Schweizer Teil des Rheingebietes, und ich habe viele Flüchtlinge gesprochen, und irgend jemand hat mir diese sonderbare Begebenheit - ich sage sonderbar und schrecklich zugleich -, die am allerunwahrscheinlichsten klingt, berichtet, nämlich die Sache mit dem Kreuz, an das ein

Häftling gebunden wird, den man wieder gefunden hat. Nach und nach hat sich in mir - wie soll ich es nennen - Wunsch ist falsch, Gefühl ist falsch, Drang ist erst recht falsch, entwickelt. - In mir hat sich, wie in einem Menschen, der, sagen wir, sich fragt, welche Stelle ist am besten, um etwas zu bauen, das Gefühl und auch die Sicherheit herausgebildet, daß das Beste ist, wenn ich über Deutschland etwas schreiben will, als Hauptperson diesen Menschen zu nehmen, der sich gerettet hat. Dabei darf ich Ihnen noch etwas sagen. Jemand hat mich auf meiner Spanienreise auf einen Roman aufmerksam gemacht, den ich bis dahin nicht kannte. Und dieser Roman hat thematisch, ohne daß das irgend jemand vermuten möchte, auf dieses <Siebte Kreuz> eingewirkt. Ich weiß nicht, ob Sie ihn zufällig selbst kennen, den italienischen klassischen Roman <Die Verlobten>...

Grinus:...von Alessandro Manzoni...<I pormessi sposi>...

Seghers: Ja, eben das. Es wird nämlich in diesem Roman auf ein Ereignis die ganze Struktur eines Volkes aufgerollt, und da hab' ich mir gedacht, diese Flucht ist das Ereignis, an dem ich die Struktur des Volkes aufrollen kann...

Aus: Wilhelm Grinus: Gespräch mit Anna Seghers, 1967. In: Anna Seghers, Glauben an Irdisches, Essays aus vier Jahrzehnten, Reclams Universalbibliothek, Band 469, Leipzig 1974, S.366-368.

9.2 Alessandro Manzoni (1785-1873): "Die Verlobten"

Der Roman "Die Verlobten" erschien in den Jahren 1825/26.
Lucia und Renzo, ein verliebtes, junges Paar aus einem Dorf bei Lecco südlich des Comer Sees, wollen heiraten. Ein wegen zahlreicher Gewalttaten berüchtigter Landedelmann, Don Rodrigo, der mehr aus Laune denn aus Leiden-

schaft gewettet hat, daß er Lucia besitzen werde, verhindert die Trauung, indem er den Priester Don Abbondio durch seine "Bravi" (gedungene Raufbolde) einschüchtern läßt. Der Versuch der Verlobten, die Heirat zu erzwingen, mißlingt, und die beiden müssen sich, zusammen mit Lucias Mutter Agnese, vor Don Rodrigos Zugriff in Sicherheit bringen. Die Liebenden verlieren sich durch unglückliche Umstände aus den Augen und werden getrennt. Als Renzo endlich nach fast zweijähriger Trennung Lucia in einem Mailänder Pestlazarett wiederfindet, steht zwischen beiden ein letztes, unüberwindlich scheinendes Hindernis: Lucia hat in äußerster Bedrängnis dem Himmel gelobt, für immer unvermählt zu bleiben, wenn sie aus den Händen ihrer Verfolger gerettet würde. Pater Cristoforo, der die Pestkranken pflegt, annulliert das Gelübde Lucias, nachdem Renzo seinem sterbenden Widersacher Don Rodrigo verziehen hat. Jetzt können beide in ihren Heimatort zurückkehren und werden von Don Abbondio getraut.

Die Komplexität des Erzählgegenstandes besteht darin, daß nicht nur eine Liebesgeschichte vor den Augen des Lesers entrollt wird, sondern daß die Darstellung vielerlei Strängen folgt, bei der die Perspektive des Erzählers, der Schauplatz und die Zeit des Geschehens häufig wechseln, Teilvorgänge immer wieder von anderen durchschnitten, von Rückblenden und Zustandsschilderungen unterbrochen werden. Als Gesamteindruck ergibt sich eine Komposition, die bei aller Bewegtheit ein in sich ruhendes Ganzes darstellt, in dem die Liebesgeschichte der leitende Ariadnefaden ist.

Die geschichtliche Vergangenheit (Katastrophen, die das Mailänder Staatswesen treffen, Hungersnöte, Ausbruch der Pest, Einfall marodierender deutscher Söldnerheere) ist für Manzoni nicht nur reizvolles Dekor, sondern strukturierendes Erzählmoment, das die Darstellung der Verwobenheit von Mensch und Umwelt, von objektiven Gegebenheiten und menschlichen Verhaltensweisen unterstützt.

vgl.: Kindlers Literaturlexikon, S.7823f.

9.3 Die Geschichte des Manuskripts

Seghers: Als ich das Manuskript schließlich korrigierte, hatte der zweite Weltkrieg begonnen. Als es fertig war, gingen mir, zu meinem schrecklichen Kummer, mehrere Kopien verloren. Ich fürchtete sogar eine Zeitlang, die ganze Abschrift wäre verlorengegangen. Zum Glück aber, ich sage das gleich vorher, also wenigstens zu meinem Glück, ist ein Exemplar bei Franz Weißkopf, der damals in den Staaten war, angekommen. Ein französischer Freund, der es übersetzen wollte, lag als Soldat in der Maginotlinie mit dem Manuskript. Und ein anderes, das ich einer Freundin geliehen hatte, ging bei einem Luftangriff mit dem Haus zugrunde. Und schließlich mußte ich ein Manuskript, ganz kurz bevor die Deutschen in Paris einzogen, selbst verbrennen. So war das damals...

Aus: Christa Wolf: Ein Interview mit Anna Seghers.
In: Anna Seghers: Glauben an Irdisches, S. 353.

9.4 Das zweite Manuskript

Inzwischen wurde noch ein weiteres Exemplar aufgefunden. Offenbar hat doch noch ein Manuskript existiert, das dann der Gestapo in die Hände fiel. Erst Jahrzehnte später wurde es zufällig im Zentralen Staatsarchiv der DDR in Potsdam entdeckt.

Aus: Andreas Schrade: Anna Seghers, Metzler, Stuttgart 1993, S.61.

II. Das Exil

1.1 Begriffsdefintion

Exiliert sind alle diejenigen deutschsprachigen Personen die, gleichgültig welcher Nationalität und Rasse, Deutschland und die später von diesem annektierten Staaten (Österreich, Tschechoslowakei, Frankreich, Holland, Dänemark) wegen des drohenden oder an die Macht gelangten Faschismus verließen oder deshalb nicht mehr dahin kehren konnten oder wollten, und die im Ausland in irgendeiner politischen, publizistischen oder künstlerischen Form, direkt oder indirekt, gegen den deutschen Faschismus Stellung genommen haben. In diese Kategorie fallen auch Schriftsteller und Künstler, die sich zwar weder vor noch nach 1933 politisch betätigt haben, die aber mit dem Verlassen Deutschlands und dem Abbruch der Beziehungen zu Verlagen und anderen binnendeutschen Institutionen deutlich machten, daß sie mit dem faschistischen Kulturleben nichts gemein hatten. (H.A.Walter)

1.2 Der Auszug der Schriftsteller

Als Adolf Hitler im Januar 1933 zum Reichskanzler berufen wurde, sahen die meisten der antifaschistischen Schriftsteller die Herrschaft der Nationalsozialisten als ein vorübergehendes Zwischenspiel an. Nur wenige gingen ins Exil (Heinrich Mann) oder traten Vortragsreisen an, von denen sie dann nicht mehr zurückkehrten (Thomas Mann, Ernst Toller, Lion Feuchtwanger). Der eigentliche Auszug begann nach dem Reichstagsbrand (27.2.1933). Jetzt verließen J.R. Becher, A. Döblin und viele andere Deutschland; nach der Festnahme durch die Gestapo flohen A. Seghers, E.E. Kisch und andere. Zahlreiche Autoren wurden ausgebürgert, ein Zeichen dafür, welche Bedeutung die Nationalsozialisten einer kritischen Literatur beilegten. Weitere Schriftsteller verließen Deutschland nach der Bücherverbrennung (10.5.1933). Im Herbst 1933 war die Flucht der Schriftsteller weitgehend abgeschlossen; zu einer zweiten Emigrationswelle kam es 1938/39 (Anschluß Österreichs und der Tschechoslowakei).

Insgesamt verließen etwa 2000 Schriftsteller den nationalsozialistischen Herrschaftsbereich, ein in seinem Ausmaß beispielloser Exodus.

Die Gründe für die Emigration waren vielfältig: persönliche Gefährdung aus politischen oder rassischen Gründen, Ablehnung des Nationalsozialismus, fehlende Aussichten auf ein Weiterwirken als Schriftsteller.

1.3 Die Situation im Exil

In der ersten Phase des Exils glaubten viele Autoren noch an die Kurzlebigkeit des NS-Regimes. Sie wählten die Exilländer "möglichst nahe den Grenzen" (Brecht), gingen in die Niederlande, nach Frankreich, in die Tschechoslowakei. Sie hofften, von dort aus nach Deutschland hineinwirken zu können... In den Exilländern mußte nun ein Literaturbetrieb aufgebaut werden. Besonders wichtig waren Verlags- und Zeitschriftengründungen, die der Isolation des einzelnen entgegenwirken sollten. Schriftstellerorganisationen wurden ins Leben gerufen, Schriftsstellerkongresse organisiert usw.

Unter den Autoren herrschte, bei allen Unterschieden im einzelnen, in der Anfangsphase des Exils eine verhältnismäßig große Übereinstimmung über Aufgaben, die Inhalte und die Adressaten der zu schaffenden Exilliteratur...

Die politischen Überzeugungen waren in sich stark differenziert, reichten von anarchistischen über kommunistische (A. Seghers) und radikaldemokratische (L. Feuchtwanger, H. Mann) bis zu liberalen (Th. Mann) Positionen. Gemeinsam war dennoch die antifaschistische Grundhaltung und die Überzeugung, das bessere Deutschland zu repräsentie-

ren. Etwa 1935 einsetzende Bemühungen, zu einer darüber hinausgehenden Aktionseinheit zu gelangen (Schaffung einer deutschen Volksfront; den Vorsitz im vorberei-
tenden Ausschuß übernahm Heinrich Mann), scheiterten
jedoch, da nach den Moskauer Prozessen vielen Autoren
eine Zusammenarbeit mit Kommunisten nicht mehr möglich schien.

Der Kampf mit den Bürokratien der Gastländer, der Kampf
um Visa, Arbeits- und Aufenthaltsgenehmigungen, um
Schiffskarten usw. bestimmte das Leben vieler Exilierter.
Dazu kam das Gefühl der Isolation, der Einsamkeit, waren
die Schriftsteller doch von ihrer Sprache, ihrem Publikum
abgeschnitten. Nur die bekannteren unter ihnen wurden
übersetzt.

Diese Probleme verschärften sich mit der Annexion Österreichs, dem Einmarsch deutscher Truppen in die Tschechoslowakei und schließlich dem Überfall auf Polen, dem
Beginn des Zweiten Weltkriegs. Viele Exilierte mußten nun
weiterfliehen; die Zentren des Exils verlagerten sich nach
Übersee. In die USA gingen z.B. Brecht, Döblin, Feuchtwanger, Heinrich, Thomas und Klaus Mann und zahllose
andere. Schriftsteller, denen als Kommunisten die Einreise
dort verweigert wurde, gingen nach Mexiko (A. Seghers und
andere) oder in die Sowjetunion (W. Bredel, E. Weinert).
Viele der Exilierten endeten durch "Freitod" wie Walter
Benjamin, Walter Hasenclever, Kurt Tucholsky, Ernst Weiß
und Stefan Zweig.

Von den Autoren, die das Kriegsende 1945 erlebten, kehrten manche sofort, andere erst nach Jahren zurück.

1.4 Die Exilsituation in Mexiko

Die Exilsituation, die mit einem unausweichlichen "Zwang
zur Politik", wie Thomas Mann 1939 sagte, verbunden war,
förderte eine Gruppenbildung, die bei den radikal marxistisch
Eingestellten ihrer aktivistischen Parteihaltung entsprach,
aber für die Unpolitischen zu einem unlösbaren Konflikt

wurde. Kaum einer, der sich nicht der zahlenmäßig stärksten und aktivsten Gruppe, eben den Kommunisten, anschloß, konnte unter den Flüchtlingen irgendwelchen Einfluß gewinnen. Er mußte nicht nur als Emigrant Außenseiter bleiben, sondern erschien auch als politischer oder unpolitischer Einzelgänger.

Die Aufsplitterung in Gruppen und Grüppchen verhinderte ebenso ein gemeinsames politisches Verhalten wie eine einheitliche kulturelle Leistung. Auch die literarische Produktion der Emigranten in Mexiko blieb trotz aller Mühe, Arbeit und Opfer einzelner nicht nur quantitativ, sondern qualitativ unbedeutend. Die Intellektuellen, die nach Mexiko kamen, waren plötzlich Politiker ohne Gefolgschaft und Schriftsteller ohne Leser, selbst wenn ihr Name in Europa einen Klang gehabt hatte...

Bereits Ende 1937 war die >Liga pro Cultura Aleman< mit Hilfe der mexikanischen Kommunisten... gegründet worden, "einig im Kampf um Demokratie und Freiheit", zu deren aktiven Mitgliedern auch einige deutschsprachige Kommunisten gehörten. Unter ihnen war der Schriftsteller Bodo Uhse. Ursprünglich aktives Mitglied der Nationalsozialisten, war er wegen seiner Verbindung mit der revolutionären Bauernbewegung aus der NSDAP ausgeschlossen und 1934 ausgebürgert worden. Er kämpfte in Spanien und kam 1940 nach Mexiko. Das Ziel der >Liga< war ursprünglich die Bildung einer überparteilichen Organisation aller Antinationalsozialisten...

Mit dem Hitler-Stalin-Pakt stellten die mexikanischen Kommunisten ihre Anti-Hitler-Propaganda ein, und auch die >Liga< nahm erst nach Hitlers Überfall auf die UdSSR, Ende 1941, ihre Arbeit wieder auf. In dieser Zeit kamen aus Europa die politisch aktivsten Emigranten, schon in zwei Parteien, Kommunisten und Antikommunisten, gespalten, die beide sofort versuchten, sich der >Liga< zu bemächtigen. Nach heftigen Auseinandersetzungen um die Führung der >Liga< gründeten die deutschen Kommunisten ihre eigene Organisation, das >Freie Deutschland<...

Aber die gesamte politische wie kulturelle Tätigkeit der

Emigranten, die nun einsetzte, wurde mit dem Blick auf Europa unternommen und stand im Zeichen politischer Machtgruppierungen. Man verteilte bereits die künftigen Ministerportefeuilles eines sozialistischen Deutschland unter sich: Ludwig Renn sollte in der von Mexiko aus organisierten Regierung Kriegsminister werden, Anna Seghers Kulturminister, der frühere kommunistische Reichstagsabgeordnete Paul Merker Präsident; nur Alexander Abusch übernahm in der Tat später wirklich ein Ministeramt in der DDR... Das Ansehen des >Freien Deutschland< in der mexikanischen Öffentlichkeit und ihre Anerkennung bei den mexikanischen Behörden schwand; die alteingesessenen Deutschen wiesen sie ab, vor allem als sie mit Denunziationen und Repressalien nach dem Krieg zu drohen begannen und die Vertretung aller demokratischen Deutschen monopolisieren wollten. Die Mitglieder des >Freien Deutschland< kehrten mit wenigen Ausnahmen unmittelbar nach Kriegsende nach Ostdeutschland zurück, eigentlich fast ohne eine Spur zu hinterlassen, nicht anders als die meisten Außenseiter.

Marianne O. De Bopp, Die Exilsituation in Mexiko, in: Manfred Durzak (Hg.), Die deutsche Exilliteratur 1933-45, Stuttgart, 1993, S.175-181.

1.5 Der Roman des Exils

Eine besondere Rolle in der Exilliteratur spielten Erzähltexte, besonders der Roman. Romane konnten - anders als Lyrik - leicht übersetzt werden und entsprachen dem Publikumsgeschmack. Und wichtiger: In der Romanform ließen sich Gesellschaft und Geschichte am besten darstellen.
Im Roman des Exils lassen sich mehrere Gattungen unterscheiden: Zunächst gibt es die Weiterentwicklung des traditionellen Gesellschafts- und Zeitromans. Im Exil wird er verwendet, um entweder Deutschland um 1933 oder die Vorgeschichte des Dritten Reichs darzustellen, um zu fra-

gen: Was bedeutet der Faschismus, was kann man dagegen tun, wie konnte es dazu kommen? (sog. Deutschlandroman) oder um die Situation des Exils zu thematisieren (sog. Exilroman). Bedeutende Deutschlandromane sind Lion Feuchtwangers "Die Geschwister Opperhmann, Oskar Maria Grafs "Anton Sittinger", Walter Mehrings "Müller. Chronik einer deutschen Sippe", Bernhard von Brentanos "Theodor Schindler", Anna Seghers` "Das siebte Kreuz"; das Exil wird dargestellt in Klaus Manns "Der Vulkan", Irmgard Keuns "Kind aller Länder", Feuchtwangers "Exil" und Anna Seghers` "Transit".

Im Deutschland- sowie im Exilroman konnten die Exilierten aus eigener Anschauung schöpfen, aber schon für Deutschland nach 1933 waren sie auf Informationen aus zweiter Hand angewiesen. Zur Darstellung von Perspektiven, die über den Faschismus hinausführten, griffen viele Autoren auf historische Stoffe zurück, gaben im historischen Gewand ein verfremdetes Bild des Nationalsozialismus. Der historische Roman wurde so zu einer wichtigen Gattung.

Bedeutende historische Romane sind Bertolt Brechts "Die Geschäfte des Herrn Julius Caesar", Thomas Manns "Joseph und seine Brüder" und Heinrich Manns "Henri Quatre".

vgl.: Deutsch, Telekolleg II, TR-Verlagsunion München 1989, Kap.47, S.98ff.

III. Zur Rezeptionsgeschichte des Romans

Die Geschichte des Romans ist aufs engste mit der Person der Schriftstellerin Anna Seghers verbunden, aber auch mit der deutschen Geschichte. Der 1938 begonnene Roman wurde 1942 in den USA in englischer Sprache in einer beachtenswerten Auflage von 600000 Exemplaren veröffentlicht. 1944 wurde er mit großem Erfolg von Fred Zinnemann in Hollywood verfilmt. In der UdSSR wurden 1939 zwei Kapitel in der deutschsprachigen Zeitschrift "Internationale Literatur" abgedruckt. 1946 wurde "Das siebte Kreuz" in der SBZ in dem neu gegründeten Aufbau-Verlag in Berlin veröffentlicht. 1947 erschien in München bei Desch eine weitere Ausgabe. Schließlich machte der Rowohlt-Verlag mit seiner Taschenbuchtechnik Anna Seghers` Roman auch in Westdeutschland einem breiten Publikum bekannt. Mit dem Kalten Krieg wurde die Schriftstellerin Anna Seghers zunehmend aus dem Bewußtsein der westdeutschen Literaturszene verdrängt - mit ihr der Roman "Das siebte Kreuz". 1947 schreibt Stephan Hermlin in der damaligen SBZ, welch starken Eindruck dieser Roman auf ihn machte, als er diesen im Moskauer Exil in Auszügen las. Er fand in ihm die Heimat mit ihrer Landschaft und ihren Menschen, die ihm mit "bestürzender Wahrhaftigkeit begegnete". Er sah darin die Echtheit der Umstände geschildert, welche er in anderen Exilwerken vermißte.

In der 1949 gegründeten DDR nahm die Schriftstellerin bald eine herausragende kulturpolitische Position ein, die nach außen von unbedingter Gefolgschaft gegenüber der DDR-Führung geprägt war. Der Roman wurde zum Bestandteil des DDR-Deutschunterrichts und galt als vorbildliches Beispiel für die DDR-Jugend. Ästhetische Kritik von orthodoxer Seite konnte diesem Vorzeigeroman keinen Abbruch tun.

In der Bundesrepublik schrieb 1959 Marcel Reich-Ranicki eine vielbeachtete Kritik in der "Welt" vom 3. September desselben Jahres. Er bezeichnete "Das siebte Kreuz" als ein großes literarisches Kunstwerk, das sich gegen die Diktatur schlechthin wende.

1962 kam es nach der Ankündigung der Veröffentlichung des literarischen Werks von Anna Seghers durch den Luchterhand-Verlag zu einer kulturpolitischen Debatte, in der immer wieder darauf aufmerksam gemacht wurde, daß das literarische Werk der Autorin den Makel besitze, von einer Kommunistin geschrieben worden zu sein, die zwar in der Vergangenheit sich für humane und freiheitliche Werte eingesetzt habe, aber jetzt Repräsentantin des "Ulbrichtschen Ungeistes" geworden sei und ein Werk aus dem "Funktionärsschrank" vorlege, zu dem das Zentralkomitee nur "nicke".

In den siebziger Jahren, im Zuge der Studentenbewegung und einer breiteren Auseinandersetzung mit der NS-Vergangenheit, hielt der Roman Einzug in die bundesdeutschen Universitäten und Gymnasien.

In Folge der Entspannungspolitik versachlichte sich auch die Diskussion um Anna Seghers und ihr literarisches Schaffen

In der west- und ostdeutschen Literaturwissenschaft wurden Anna Seghers und ihr Werk verstärkt Gegenstand von Einzeluntersuchungen. 1972 legte Inge Diersen eine Untersuchung über die Dialektik der Kreuzsymbolik vor. Sie zeigt darin die Säkularisierung der christlichen Symbolik durch die Autorin auf: Nicht die christliche Passion, die menschliche Aktion sei es, der die Zukunft gehöre. Der westdeutsche Germanist Hans-Albert Walter spricht 1973 dem Roman "Wirklichkeitstreue" zu, die weder einem Wunschdenken noch einer "fatalistischen Schwarzmalerei" unterliege. Für ihn sind die Figuren des Romans geradezu Musterportraits geworden, von den historischen Tatsachen in zahllosen Fällen beglaubigt.

Erika Haas hat in ihrer Studie "Ideologie und Mythos" (1975) die Erzählstruktur und Sprache im Werk von Anna Seghers untersucht. Sie kommt darin zu dem Schluß: Im `Siebten Kreuz` bestehe die Funktion der Idylle einmal darin, paradiesisch bestimmtes Gegenbild zur pervertierten Welt des Nationalsozialismus zu sein, zum anderen in einer Neutralisierung des jüdisch-christlichen Vorverständnisses, das die Paradiesesvorstellung weitgehend beherrsche. Anstelle einer Betonung der jüdisch-christlichen Traditionselemente stehe nun die Hervorhebung naturhafter Ordnungen und zeitlos gültiger Gesetze im Vordergrund.

Frank Wagner untersucht 1975 die literarische Gestaltung des Romanprotagonisten Georg Heisler und bilanziert, daß Anna Seghers mit der liebenswerten und kühnen Menschlichkeit ihres Helden ein Gegenbild des falschen, faschistischen Heroismus entwerfe. Er sieht in Georg Heisler die "Treue zur Sache und seine Standhaftigkeit" und spricht von den "Schlacken des Unsteten". Gemeint sind Georg Heislers jugendliche Verhaltensweisen, die "oftmals störend wirken". Eine entscheidene, zum Gelingen der Flucht beitragende Qualität ist für Frank Wagner die Zugehörigkeit Georgs zur kommunistischen Partei, zur weltweiten revolutionären Sache, der er ergeben dient. Georg Heisler wird zum Vorbild für die damalige DDR-Jugend stilisiert und so politisch-ideologisch für den Staat vereinnahmt.

1977 stellt Peter Roggausch in einem Aufsatz den Roman in den politisch-historischen Gesamtzusammenhang und spricht von **dem**"Volksfrontroman", dessen antifaschistische Intention nicht politisch relevant wurde. Für ihn konnten die Werke der Anna Seghers und die antifaschistische Literatur überhaupt erst nach Kriegsende in Deutschland wieder eine gesellschaftliche Aufgabe erfüllen.

Die Flucht Georg Heislers als "Angriff" verstehen F.J. Hassauer-Roos und P. Roos in ihrer Betrachtung der Gestaltung des Romanpersonals. Sie gehen von Anna Seghers Intention aus, die Struktur des deutschen Volkes aufzeigen zu wollen. Unkritisch übernehmen sie diese Absichtserklärung der Autorin, kommen allerdings zu einer differenzierten Zusammenfassung. Anna Seghers fiktionales Experiment einer appellativen Uminterpretation der realhistorischen Kräfteverhältnisse müsse als gescheitert gelesen werden; aber ihr moralischer Impetus, die Umsetzung politischer Konflikte in Erfahrungsprozesse aus der Innenperspektive von Figuren und die sinnliche Unmittelbarkeit, mit der Milieu und Alltagsszenen erfaßt würden, bildeten ein

Gegengewicht zur Erfahrung der Distanz und schlügen eine Brücke zum aktuellen Verstehenshorizont des heutigen Lesers, über die Lektüre als bloßes Zeitdokument hinaus.

Nach Klaus Sauer (1978) liefert der Roman Überlegungen, die den gewöhnlichen Faschismus als gesellschaftlich bedingte Krankheit darstellen, die unter bestimmten Voraussetzungen die zur Heilung erforderlichen Abwehrkräfte selber hervorbringe.

Lutz Winkler unterstreicht 1979 nochmals den Volksfrontcharakter des Romans, indem er die sozialen und politischen Konturen des antifaschistischen Bündnisses, wie es seit 1935 von der Exil-KPD gefordert wird, im Roman nachweist.

1990 schreibt Sonja Hilzinger über "Das siebte Kreuz", dieser Roman sei die historisch reflektierte Vaterlandsliebe. In einer Zeit, in der die deutschen Faschisten Begriffe wie Volk, Nation, Vaterland demagogisch erfolgreich in Anspruch nähmen für ihren Feldzug gegen die Menschlichkeit, definiere Seghers es als zentrale Aufgabe der Schriftsteller, diesen Begriffen ihren **wahren Sinn** zurückzugeben und am `Aufbau neuer Vaterländer` schreibend und kämpfend mitzuwirken.

Übersehen wird von der Kritikerin allerdings, daß der "**wahre Sinn**" dieser Begriffe von Werthaltungen und Weltanschauungen abhängig ist und es viele Wahrheiten geben kann, die zwar im jeweiligen Wertesystem normativ sind, aber von anderen nicht akzeptiert werden müssen.

Ebenfalls 1990 meldet sich Marcel Reich-Ranicki nochmals zu Wort. Seiner Auffassung, der Roman gehöre zu den besten Büchern der Autorin, bleibt er weiterhin treu. Die Beurteilung der inhaltlichen Gestaltung der Fabel ist allerdings kritischer geworden. Anna Seghers verherrliche in ihrem Roman mit Vorliebe einfache Menschen, "die wenig denken und wenig verstehen und nie zweifeln - wenn sie Kommunisten sind, dann folgen sie gehorsamst allen Befehlen." In einer anderen Partei spreche man da von `Führerprinzip`. Reich-Ranicki thematisiert in seiner Kritik genau den Punkt, welchen Sonja Hilzinger in ihrer Betrachtung ausblendet. Ein und dieselbe Verhaltensweise kann unterschiedlich benannt und bewertet werden, wenn verschiedene "Wahrheiten" gelten.

Die vorgestellten Lesarten und Deutungen des Romans zeigen, daß eine einhellige Meinung eventuell in einem Punkt gefunden werden kann: Die formale Gestaltung des Romans erfüllt die ästhetischen Normen eines literarischen Kunstwerks. Die inhaltlichen Interpretationen haben bisher verschiedene Aspekte untersucht und gehen in ihren Urteilen und Bewertungen auseinander. Seit der deutschen Wiedervereinigung 1990 sind weitere wissenschaftliche Arbeiten und Aufsätze erschienen, die zeigen, daß das Interesse an der Schriftstellerin Anna Seghers und ihrem Werk auch in Zukunft für die deutsche Literatur und das literarische Publikum in Schule, Universität und Öffentlichkeit bestehen bleiben wird. Auch die Gründung der Anna-Seghers-Gesellschaft in Berlin ist ein Indiz dafür, daß der Diskurs nicht beendet ist.

IV. Zeittafel

1900

Netty Reiling wird am 19. November als einziges Kind von Hedwig (geb. Fuld) und Isidor Reiling in Mainz geboren.

Boxeraufstand in China;

Das deutsche Kaiserreich entsendet ein Expeditionsheer zur Niederschlagung des Aufstands.

1914-1918

Imperialistische Rivalitäten der europäischen Großmächte führen in den Ersten Weltkrieg.

Einstimmige Annahme der Kriegskredite im Deutschen Reichstag.

Die sozialistische Internationale versagt in der geschlossenen Bekämpfung des Krieges.

1917

Hungersnot in Deutschland;

1918

November-Revolution in Deutschland;

Gründung der KPD unter der Führung von Rosa Luxemburg und Karl Liebknecht;

Sozialistische Revolution in Rußland unter Führung Lenins;

1919

Immatrikulation A. Seghers' an der Universität Heidelberg für die Fächer Kunstgeschichte, Geschichte, Philologie;

Rosa Luxemburg und Karl Liebknecht werden von rechtsradikalen Offizieren ermordet.

Nationalversammlung in Weimar nimmt demokratische Verfassung des Deutschen Reiches an;

Unterzeichnung des Friedensvertrages von Versailles;

1920

Kapp-Putsch gegen die Reichsregierung;

Gewerkschaften schlagen Putsch durch Generalstreik nieder.

Kommunistische Unruhen im Ruhrgebiet werden durch Reichswehr niedergeschlagen.

1921

A. Seghers studiert ein Semester an der Universität Köln. Praktikum am Museum für ostasiatische Kunst;

Dt. "Erfüllungspolitik" gegenüber dem Versailler Vertrag stößt auf den Widerstand nationalistischer Kreise.

Erstes Auftreten der SA zur Terrorisierung politischer Gegner;

1922

Vertrag von Rapallo;

Deutschland anerkennt die UdSSR;

376 politische Morde in Deutschland seit 1919;

1923

Ruhrbesetzung durch Frankreich;

Kommunistischer Aufstand in Hamburg;

Hitler-Ludendorff-Putsch in München;

Hitler erhält fünf Jahre Festungshaft (bis 1924);

Höhepunkt der Inflation: 1 Dollar = 4,2 Billionen Mark;

1924

A. Seghers promoviert in Heidelberg über "Jude und Judentum im Werke Rembrandts".

Erste Veröffentlichung, die Erzählung "Die Toten auf der Insel Djal", erscheint unter dem Pseudonym Antje Seghers.

Dawesplan regelt die dt. Reparationsleistungen (zeitliche Dauer unbegrenzt).

Tod Lenins;

Stalin wird sein Nachfolger.

1925

10. August: A. Seghers heiratet den ungarischen Juden und Kommunisten Laszlo Radvanyi.

Umzug nach Berlin, wo Laszlo Radvanyi Leiter der Marxistischen Arbeiterschule (MASCH) wird.

Friedrich Ebert, dt. Sozialdemokrat, Reichspräsident seit 1919, stirbt.

Sein Nachfolger wird Generalfeldmarschall v. Hindenburg.

Hitler gründet die NSDAP neu; 27000 Mitglieder (1931: 806000);

Hitlers "Mein Kampf" erscheint (wird zum Programm der NSDAP; 2.Bd. 1926);

Vertrag von Locarno: Dt.-frz. Ausgleich;
Stalin fordert "Sozialismus in einem Land" entgegen Trotzkis bolschewistischer "Weltrevolution";
1926
29. April: A. Seghers' Sohn Peter wird geboren.
Josef Goebbels wird NS-Gauleiter von Berlin (führt zur Radikalisierung des politischen Kampfes; 1932 ist KPD stärkste Berliner Partei).
1927
Die Erzählung "Grubetsch" erscheint.
Erster Fünfjahresplan und Kollektivierung der Landwirtschaft in der UdSSR beschlossen;
Trotzki und andere politische "Abweichler" werden aus der KPdSU ausgeschlossen und verbannt.
Arbeiterunruhen in Wien;
1928
28. Mai: Geburt der Tochter Ruth;
A. Seghers erhält den Kleist-Preis für "Grubetsch" und den Roman "Aufstand der Fischer von St. Barbara".
Beitritt zur KPD
Erster Fünfjahresplan in der UdSSR führt zu rascher Industrialisierung;
Zwangskollektivierung der Landwirtschaft verursacht Hungersnöte;
1929
A. Seghers tritt dem Bund proletarisch-revolutionärer Schriftsteller (BPRS) bei.
Blutige Zusammenstöße zwischen Demonstranten und Polizei am 1.Mai in Berlin (Berliner Blutsonntag);
Der Dawesplan wird durch den Youngplan für dt. Reparationszahlungen ersetzt (Ende der Zahlungen 1988).
Kursstürze an der New Yorker Börse lösen tiefe Weltwirtschaftskrise aus (dauert bis 1933).
1930
A. Seghers nimmt an der II. Konferenz proletarisch-revolutionärer Schriftsteller in Charkow (6.-15. November) teil.
Es erscheint "Auf dem Weg zur amerikanischen Botschaft" (Erzählungen).

4,4 Mio Arbeitslose in Deutschland;
1931
Harzburger Front
1932
Der Roman "Die Gefährten" erscheint.
Verbot und Wiederzulassung von SA und SS;
Wiederwahl Hindenburgs zum Reichspräsidenten gegen Hitler und Thälmann;
Über 6 Mio Arbeitslose;
Youngplan außer Kraft; praktisches Ende der Reparationszahlungen;
Kommunistisch-nationalsozialistischer Verkehrsstreik in Berlin;
1933
30. Januar: Hindenburg beruft Hitler zum Reichskanzler;
Reichstagsbrand leitet terroristische Ausschaltung der politischen Gegner der NSDAP ein.
Errichtung der Konzentrationslager;
Ermächtigungsgesetz (Ende des Parlamentarismus in Deutschland);
Antijüdische Ausschreitungen;
A. Seghers flieht über die Schweiz nach Frankreich.
Redaktionsmitglied der <<Neuen Deutschen Blätter>>;
Es erscheint der Roman "Der Kopflohn" in Amsterdam.
1934
Reise nach Österreich; Recherchen über den Februaraufstand;
Erwin Piscator verfilmt den "Aufstand der Fischer" in der UdSSR.
Ermordung des SA-Chefs Röhm
Tod des Reichspräsidenten v. Hindenburg
Hitler macht sich zum Diktator;
Österreichische Arbeiter unterliegen im Kampf gegen den klerikalen Austrofaschismus.
1935
Teilnahme der Autorin am I. Internationalen Schriftstellerkongreß zur Verteidigung der Kultur in Paris (21.-25. Juni);
Der Roman "Der Weg durch den Februar" erscheint.

Nürnberger Gesetze;
Schauprozesse in Moskau;
1936
Die Erzählung "Der letzte Weg des Koloman Wallisch" erscheint in Moskau.
Spanischer Bürgerkrieg (bis 1939);
1937
Teilnahme am II. Internationalen Schriftstellerkongreß in Valencia und Madrid (4.-7. Juli);
Es erscheint "Die Rettung", Roman.
1938
Teilnahme am III. Internationalen Schriftstellerkongreß in Paris;
Reichsprogromnacht;
Einmarsch der deutschen Wehrmacht in Österreich;
Münchner Abkommen;
Besetzung des Sudetenlandes durch deutsche Truppen;
1939
Erstes Kapitel des Romans "Das siebte Kreuz" erscheint in der Moskauer Zeitschrift >>Internationale Literatur<<.
Hitler-Stalin-Pakt;
Einstellung der Romanveröffentlichung in der UdSSR;
Beginn des Zweiten Weltkriegs;
Internierung ihres Mannes in Le Vernet.
Abschluß von "Das siebte Kreuz";
1940
Die Erzählung "Die schönsten Sagen vom Räuber Woynok" erscheint in Moskau.
Deutschland besetzt Frankreich militärisch und zwingt es zur Kapitulation.
Im September Flucht der Schriftstellerin aus dem besetzten Paris in den unbesetzten Süden Frankreichs;
Winter in Pamiers;
Tod des Vaters;
1941
24. März: A. Seghers verläßt mit Familie auf dem Frachtdampfer <<Lermerle>> Marseille.

16. Juni: Ankunft auf Ellis Island in New York; Weiterreise über Kuba und Veracruz nach Mexiko City;
Mitbegründerin und Präsidentin des Heinrich-Heine- Klubs;
Mitarbeit an der Zeitschrift <<Freies Deutschland>>;
Überfall der deutschen Truppen auf die Sowjetunion;
1942
"Das siebte Kreuz" erscheint in englischer Sprache in Boston, USA, und in deutscher Sprache im mexikanischen Exil-Verlag "El Libro Libre".
Beginn der Ermordung von Millionen Juden in den Gaskammern der Vernichtungslager Auschwitz, Maidanek u.a.;
1943
Abschluß ihres Romans "Transit";
Erstveröffentlichung in englischer Sprache 1944 in Boston;
25. Juni: Schwerer Verkehrsunfall;
Tod der Mutter im Konzentrationslager Auschwitz;
Kapitulation der 6. Armee unter General Paulus in Stalingrad;
Kriegswende an der Ostfront;
1944
"Das siebte Kreuz" wird in Hollywood von Fred Zinnemann verfilmt, mit Spencer Tracy, Helene Weigel u.a.;
Landung der alliierten Truppen in der Normandie;
1945
8.Mai: Bedingungslose Kapitulation der deutschen Wehrmacht;
Potsdamer Konferenz;
1946
"Der Ausflug der toten Mädchen", Erzählung, erscheint in New York.
In Deutschland erscheint zum erstenmal der Roman "Das siebte Kreuz" im Aufbau-Verlag, Berlin-Ost.
Nürnberger Kriegsverbrecherprozesse
1947
Heimkehr der Schriftstellerin über New York und Schweden;
22. April: Ankunft in Berlin;
Verleihung des Büchner-Preises in Darmstadt;

Rede auf dem I. Deutschen Schriftstellerkongreß in Berlin;
Truman-Doktrin: Hilfe für alle vom Kommunismus bedrohten freien Völker;
Marshall-Plan;
Beginn des "Kalten Krieges";

1948
Erste deutschsprachige Ausgabe von "Transit" erscheint in Konstanz.
April/Mai: Reise in die Sowjetunion;
Teilnahme am Weltkongreß der Kulturschaffenden in Wroclaw;
"Sowjetmenschen", eine Lebensbeschreibung, erscheint;
Währungsreform;
Beginn der Berlin-Blockade;

1949
Teilnahme am kommunistischen Weltfriedenskongreß in Paris (20.-25. April);
Es erscheinen "Die Hochzeit von Haiti", Novellen, und der Roman "Die Toten bleiben jung".
Ende der Berlin-Blockade;
Gründung der BRD und DDR;
Gründung der NATO;

1950
Teilnahme am Weltfriedenskongreß in Warschau;
A. Seghers wird Mitglied des Weltfriedensrates.
Gründungsmitglied der Deutschen Akademie der Künste in Berlin/DDR;
Der Erzählband "Die Linie" erscheint.
Ausbruch des Korea-Kriegs (bis 1953);

1951
A. Seghers bereist China.
Sie erhält den Nationalpreis der DDR und den Stalin-Friedenspreis.
Die Erzählungen "Crisanta" und "Die Kinder" erscheinen.
Westmächte erklären Kriegszustand mit Deutschland für beendet.

1952

Rede auf dem Weltfriedenskongreß in Wien;

A. Seghers wird Vorsitzende des Schriftstellerverbandes der DDR.

Rückkehr ihres Mannes aus Mexiko;

Lesereise nach Bayreuth und München;

Erzählung "Der Mann und sein Name" veröffentlicht;

Stalin-Note

1953

Sammelband "Frieden der Welt", Ansprachen und Aufsätze 1947-1953 erscheint;

Tod Stalins;

Aufstand in der DDR (17. Juni) niedergeschlagen;

1954

A. Seghers reist in die Sowjetunion anläßlich des II. sowjetischen Schriftstellerkongresses.

Studien im Tolstoj-Archiv;

1955

NATO-Beitritt der BRD;

Gründung des Warschauer Pakts

1956

Rede auf dem IV. Deutschen Schriftstellerkongreß (DDR);

XX. Parteitag der KPdSU;

Geheimrede Chruschtschows über Stalin; Entstalinisierung;

Verbot der KPD in der Bundesrepublik;

Unruhen in Polen und Ungarn;

1957

Prozeß gegen Walter Janka und andere in der DDR;

1. Sowjetischer Weltraumsatellit "Sputnik";

Hallstein-Doktrin: Diplomatische Anerkennung der DDR gilt als unfreundlicher Akt;

1958

Der Erzählband "Brot und Salz" erscheint.

Mehrheit des Bundestages fordert Atomwaffen für Bundesrepublik;

Verstärkte Fluchtbewegung aus der DDR;

1959

A. Seghers erhält die Ehrendoktortitel der Universität Jena und den Nationalpreis der DDR.

Es erscheint der Roman "Die Entscheidung".

Sieg der Revolution unter Führung Castros auf Kuba.

1960

Vaterländischer Verdienstorden in Gold für A. Seghers;

Ulbricht Vorsitzender des DDR-Staatsrats (bis 1971);

USA isolieren Kuba;

1961

A. Seghers begibt sich auf eine Schiffsreise nach Brasilien.

Bau der Berliner Mauer am 13. August;

1962

Lesereise der Autorin nach Frankreich und in die Bundesrepublik Deutschland;

Raketenkrise um Kuba;

"Spiegel"-Affäre;

1963

Erneute Brasilien-Reise der Schriftstellerin; Teilnahme an der Kafka-Konferenz in Liblice/CSSR (27./28. Mai);

Der Essayband "Über Tolstoi. Über Dostojewskij" erscheint.

John F. Kennedy, amerikanischer Präsident, ermordet;

1964

Chruschtschow gestürzt;

Breschnew 1. Sekretär der KPdSU;

1965

"Die Kraft der Schwachen", Neun Erzählungen, erscheint.

Rede auf dem Internationalen Schriftstellerkongreß in Weimar;

Eskalation des Vietnamkriegs;

1966

Beginn der "Kulturrevolution" in China;

1967

Mai: Teilnahme der Schriftstellerin am IV. Allunionskongreß der sowjetischen Schriftsteller;

Studentenbewegung in der Bundesrepublik;

1968
Der Roman "Das Vertrauen" veröffentlicht;
Studentenunruhen;
"Prager Frühling" in der CSSR;
Militärintervention des Warschauer Pakts;
1969
Erste Landung von Menschen auf dem Mond;
Militärischer Grenzkonflikt zwischen China und UdSSR am Ussuri;
Diplomatische Anerkennung der DDR durch arabische Staaten;
1970
"Briefe an Leser" erscheinen, Berlin-Ost;
"Über Kunstwerk und Wirklichkeit" Bde. 1-3, Berlin-Ost veröffentlicht;
Ostverträge von Moskau und Warschau;
Terrorwelle des Rote Armee-Fraktion (RAF) in der Bundesrepublik;
Anerkennungswelle gegenüber der DDR;
Aufstand polnischer Arbeiter in Danzig;
1971
A. Seghers erhält den Nationalpreis der DDR.
Es erscheint die Erzählung "Überfahrt".
Viermächte-Abkommen für Berlin: Erhaltung des Status quo;
1972
Bundestag ratifiziert Ostverträge;
Grundlagenvertrag zwischen der Bundesrepublik und der DDR;
1973
"Sonderbare Begegnung", Zwei Erzählungen, erscheint.
Rede auf dem VII. Schriftstellerkongreß der DDR;
Tod W. Ulbrichts;
Sein Nachfolger wird E. Honecker.
1974
Bundesrepublik und DDR begehen ihr 25jähriges Bestehen.

DDR tilgt den Begriff "deutsche Nation" aus ihrer Verfassung.

1975

Kulturpreis des Weltfriedensrates für A. Seghers; Ehrenbürgerin von Berlin-Ost;

Die DDR veranstaltet als einziges Ostblockland zum 1. Mai eine Militärparade in Berlin-Ost.

1976

Der Erzählband "Steinzeit" erscheint.

Schießzwischenfälle an der deutsch-deutschen Grenze;

1977

Schwere Krankheit der Schriftstellerin;

A. Seghers erhält die Ehrenbürgerschaft der Johannes-Gutenberg-Universität Mainz.

Neue Terrorwelle überzieht die Bundesrepublik;

1978

Rücktritt der Autorin als Vorsitzende des Schriftstellerverbandes;

Sie bleibt Ehrenpräsidentin.

Tod ihres Mannes;

1979

NATO - Nachrüstungs-Doppelbeschluß

1980

Der Erzählband "Drei Frauen aus Haiti" erscheint.

Unruhen in Polen: Gründung der unabhängigen Gewerkschaftsbewegung "Solidarität"

Einmarsch der UdSSR in Afghanistan

1981

Die Schriftstellerin A. Seghers erhält die Ehrenbürgerschaft der Stadt Mainz.

Demonstrationen gegen den NATO-Doppelbeschluß;

Errichtung einer Militärdiktatur in Polen;

1982

Demonstrationen für Abrüstung in Ost und West während der NATO-Gipfelkonferenz in Bonn (300000 Teilnehmer);

Unruhen in Warschau und Danzig;

1983

1. Juni: Tod A. Seghers' in Berlin;
Demonstrationen der Friedensbewegung und Verhandlungen zwischen NATO und Warschauer Pakt;

V. Die Autorin Anna Seghers

Anna Seghers,die mit bürgerlichem Namen Netty Reiling heißt, wird am 19. November 1900 als einzige Tochter einer angesehenen und wohlhabenden jüdischen Familie in Mainz geboren. Der Vater Isidor Reiling (1880-1940) ist Kunst- und Antiquitätenhändler. Die Mutter Hedwig Reiling, gebo- rene Fuld, (1880-1942), liebt die Literatur und fördert diese Neigung schon früh bei ihrer Tochter Netty.
Prägend ist auch das berufliche Umfeld des Vaters, der häufig Expertisen über Kunstwerke erstellt und Netty so früh mit dieser geistig-ästhetischen Welt in Berührung kommt. Mit sechs Jahren wird sie auf eine Privatschule geschickt. Sie wechselt 1910 auf die "Höhere Mädchenschule" und besucht von 1917 bis 1920 das Gymnasium, wo sie das Abitur ablegt. Der Umgang mit klassischer deutscher Lite- ratur sowie die Begegnung mit der russischen Literatur (Dostojewski, Tolstoi) werden von Schule und Elternhaus gefördert. Der Erste Weltkrieg und die unmittelbaren Wirren und Ereignisse führen nicht sofort zu einer Politisierung. Jedoch wird durch die Beschäftigung mit Literatur in dem jungen Mädchen ein soziales Gewissen und Bewußtsein für Gerechtigkeit vorbereitet, das über die Grenzen des jü- disch-bürgerlichen Familienlebens hinausweist. Netty Reiling beginnt 1920 an der Heidelberger Universität mit dem Studium der Kunstgeschichte. An der Universität beginnt auch der Ablöseprozeß vom Elternhaus. Im Nachkriegs- deutschland hinterlassen die revolutionären Unruhen ihre politischen und geistigen Spuren und fördern das Krisen- bewußtsein der deutschen Intellektuellen. Sowohl linke als auch rechte Bewegungen formieren sich unter ihnen. Für Netty Reiling wird die bürgerliche Ordnung immer fragwür- diger. Sie lernt in dieser Zeit den ungarischen Juden Laszlo Radvanyi (1900-78), der nach der Niederschlagung der ungarischen Räterepublik nach Deutschland fliehen muß, kennen. Die Inflation von 1923 bekommt Netty Reiling

hautnah zu spüren. Dennoch ist die bürgerliche Geborgenheit nicht aufgehoben. Sie ist bedroht. In ihrer Familie hat
Netty Reiling einen wirtschaftlichen und emotionalen An-
ker.

In diese Zeit fällt auch die Begegnung mit der russischen
Avantgarde. Neben den großen Realisten werden nun die
Werke von Eisenstein "Panzerkreuzer Potemkin" oder
Gladkovs Roman "Zement" zu wichtigen intellektuellen Erfahrungen. Die geistige Auseinandersetzung mit der neuen
sozialistischen Gesellschaft, ihren Idealen und humanen
Ansprüchen führt bei Netty Reiling zu einer Annäherung an
die sozialistischen Ideen. Laszlo Radvanyi ist in dieser
Situation der geeignete Diskussionspartner, der es ver-
steht, die ästhetische und moralisch-humanistische Dimen-
sion mit der politisch-ideologischen zu verbinden. Netty
Reiling besucht jetzt Vorlesungen mit marxistischer Thematik. In diesen persönlichen Entwicklungsprozeß greift ein
weiteres historisches Ereignis im Bewußtsein der Intellektuellen Platz. Die Revolution in China verstärkt das Lebensgefühl, in einer Zeit des gesellschaftlichen Umbruchs zu
leben. In zahlreichen zeitgenössischen Werken wird dieses
herausragende Ereignis thematisiert und findet bei den
politisch linksstehenden Intellektuellen großen Widerhall.
Netty Reiling beginnt das Studium der Sinologie. Ihr Wissen
über diese ferne Kultur fließt später in ihr Werk ein.

In ihrem Studium zwischen 1920 und 1924 trifft sie auf die
Werke des niederländischen Malers und Radierers Hercules
Seghers, eines Zeitgenossen Rembrandts. Seghers Werk
zeichnet sich durch eine ungewöhnliche Eigenwilligkeit
aus. Sein außenseiterisches und tragisches Schicksal wirkt
beeindruckend auf die junge Studentin, und sie entscheidet
sich später für diesen Künstlernamen. Ihre Doktorarbeit hat
das Thema "Der Jude und das Judentum im Werk Rembrandts". In ihrer Dissertation geht Netty Reiling auf zwei
Aspekte ein, wobei sie den einen in ihrer zukünftigen schrift-
stellerischen Arbeit thematisieren und den anderen ver-
nachlässigen wird. Sie weist nach, daß es Rembrandt in

seinem künstlerischen Schaffen gelungen ist, die romantische Vorstellung der Menschen vom Judentum zu zerstören durch eine genauere Kenntnis des jüdischen Wesens. Somit hat Rembrandt den Blick frei gemacht für die Welt der Armen und Schwachen. Nicht mehr die offizielle wohlhabende jüdische Gemeinde wurde abgebildet, sondern der individuelle Mensch jüdischen Glaubens, der eben auch arm und schwach sein konnte. Die Geschichten von den Armen und Schwachen in der Gesellschaft wird Netty Reilings Werk bis zu ihrem Lebensende durchziehen, während das Judentum in ihren Romanen und Erzählungen nahezu keine Rolle spielen wird. Eine Erklärung für diese Konstellation ist sicherlich in ihrer sozialistischen Weltanschauung zu suchen, die das Schicksal des Judentums immer im sozioökonomischen Erklärungsmuster eingebettet sah und religiöse oder philosophische oder gar sozial- psychologische Deutungen als "bürgerlich" und damit "reaktionär" denunzierte. Ein weiterer Grund ist darin zu finden, daß die Thematik des Judentums eine sehr persönliche und individuelle Literatur verlangt und damit nicht dem Klassenkampfpostulat der Partei entsprochen hätte, denn der Antisemitismus war ja nicht nur ein Problem der bürgerlichen Gesellschaft, sondern auch der Arbeiterbewegung und der sozialistischen Parteien. Auch finden wir bei jüdischen Schriftstellern das Phänomen der Selbstverleugnung, das Ignorieren und Verdrängen jüdischer Herkunft und Kultur - ebenfalls eine Form des Antisemitismus oder "des Stalinismus" (Wolf Biermann, 1994).

1924 erscheint ihre erste Veröffentlichung, die Erzählung "Die Toten auf der Insel Djal", unter dem Pseudonym Antje Seghers in der Weihnachtsbeilage der "Frankfurter Zeitung und Handelsblatt". 1925 heiraten Netty Reiling und Laszlo Radvanyi. 1926 wird dieser Leiter der MASCH (Marxistische Arbeiterschule) in Berlin. Netty Radvanyi folgt ihm dorthin. In dieser Konstellation zwischen gesellschaftlicher Krisenerfahrung und subjektivem Gerechtigkeitsempfinden sowie der politisch-ideologischen Diskussion mit Laszlo Radvanyi (Parteiname Johann-Lorenz Schmidt) entwickelt sich das kommunistische Weltbild der Autorin. Im gleichen Jahr wird ihr erster Sohn Peter geboren. 1927 wird die Erzählung "Grubetsch" in Fortsetzungen in der "Frankfurter Zeitung und Handelsblatt" veröffentlicht. Ein Jahr später erhält sie für diese Erzählung den Kleist-Preis. Gewürdigt wird mit diesem Preis auch ihre erste Buchveröffentlichung: "Der Aufstand der Fischer von St. Barbara".

1928 ist auch das Jahr ihres Beitritts zur KPD. Ihr politisches Engagement führt sie 1929 in den Bund proletarisch-revolutionärer Schriftsteller (BPRS). Im BPRS sollen sich die Schriftsteller zusammenfinden, die eine "proletarisch-revolutionäre Kunst" schaffen und den Kampf gegen die "bürgerliche Kunst" führen und die künstlerische Förderung der Arbeiterjugend und der Arbeiterkorrespondenten unterstützen wollen. Zum Dogma dieser Organisation gehören zwei wichtige Postulate: Verteidigung der Sowjetunion als das "sozialistische Bollwerk" gegen die "Angriffe des internationalen Kapitalismus" sowie die These vom "Sozialfaschismus" der SPD. Der Einfluß der KPD auf den BPRS ist groß. Einige Schriftsteller, unter ihnen auch Anna Seghers, begreifen sich in ihrer künstlerischen Arbeit ausschließlich als Teil der politischen Agitation.

"Genossin Seghers wurde vom Pen-Club in London eingeladen, wo sie sich in öffentlicher Rede zur proletarisch-revolutionären Literatur bekannte und mit dem Angriff auf die `rein-künstlerische` Literatur eine gute Pionierarbeit leistete."

Die Schriftstellerin Anna Seghers besucht 1930 zum erstenmal die Sowjetunion und nimmt am Kongreß der Internationalen Vereinigung Revolutionärer Schriftsteller in Charkow teil. Die Eindrücke, die sie erfährt, sprechen eine Kritiklosigkeit aus, die sie ihr Leben lang beibehalten wird.

"...die Menschen in der Sowjetunion widerspiegeln ihre Bücher,..., das ist ein wirklicher Mensch aus `Zement`"

Am 1. August 1931 erscheint zum 8. Todestag Lenins in der "Roten Fahne", dem Zentralorgan der KPD, der Dialog "Wer war das eigentlich? Gespräch mit einem Kind über Lenin" von Anna Seghers. Das Ziel dieses Artikels ist es, den deutschen Arbeiterkindern und -jugendlichen Lenin als einen Menschen vorzustellen, dem es nachzueifern gilt. 1934 erscheint von ihr der Artikel "Ein >>Führer<< und ein Führer", in dem sie mit dem Mittel der Montage Hitlers und Thälmanns Biographien vergleichend nebeneinanderstellt und Thälmann als der wahre Führer des deutschen Proletariats beschrieben wird.

Kurz nach der nationalsozialistischen Machtübernahme 1933 muß Anna Seghers aus Deutschland fliehen. Über die Schweiz gelangt sie nach Frankreich. Dort wird sie Redaktionsmitglied der kommunistischen "Neuen Deutschen Blätter", die von 1933 bis 1935 in Prag erscheinen. Die "Neuen Deutschen Blätter" werden 1933 auf Initiative Wieland Herzfeldes und unter der Aufsicht von Johannes R. Becher in Prag als Gegengewicht zu Klaus Manns Zeitschrift "Die Sammlung" gegründet. Zur Redaktion der Zeitschrift gehören neben Herzfelde, Anna Seghers, Oskar Maria Graf und Jan Petersen.

1935 nimmt die Schriftstellerin am Internationalen Schriftstellerkongreß zur Verteidigung der Kultur in Paris teil. Hier soll die Einheitsfront der exilierten Intellektuellen begründet werden. Jedoch versuchen die kommunistischen Vertreter die dogmatischen Standpunkte ihrer Partei durchzusetzen: Kampf gegen den Faschismus unter der Führung der Kommunisten. Die Begründung hierfür lautet, die Kommunisten unter der Führung Stalins wären die konsequentesten Gegner des Nationalsozialismus. Anna Seghers stellt sich hinter diese Auffassung mit dem Ergebnis, daß sie kritische Literaturkollegen des Verrats bezichtigt. (Rohrwasser, S. 132). Arthur Koestler berichtet von einem Treffen deutscher Exilkommunisten im Pariser Café "Mephisto" und ihrer Diskussion darüber, das neue Motto der Vereinigung der Sowjetschriftsteller "Schreibt die Wahrheit" angemessen in die schriftstellerische Praxis umzusetzen.

"Und da saßen wir (Koestler, Kisch, Seghers, Regler, Kantorowicz, Uhse) und besprachen ernsthaft, wie man die Wahrheit schreiben könne, ohne die Wahrheit zu schreiben."

Man durchschaute, so Koestler, daß

"die objektive Wahrheit bürgerlicher Mythos sei und daß <die Wahrheit schreiben> bedeute, solche Themen und Aspekte einer gegebenen Situation herauszustreichen, die der proletarischen Revolution nützlich und daher <historisch korrekt> seien." (Rohrwasser, S.275).

Diese Überlegungen scheinen auch Eingang in den Roman "Das siebte Kreuz" gefunden zu haben.

Wie autoritär die Strukturen innerhalb der kommunistischen Exilorganisation sind, zeigt folgende Begebenheit. Nach dem Hitler-Stalin-Pakt vom August 1939 wird der begonnene Vorabdruck des Romans "Das siebte Kreuz" in der in Moskau erscheinenden Exilzeitschrift "Internationale Literatur" eingestellt (zwei Kapitel waren bereits erschienen) mit der Begründung, das Wort "Faschisten" dürfe nicht mehr in der Öffentlichkeit verwendet werden. Anna Seghers fügt sich ohne ein Wort der Kritik. Die kommunistische Intellektuelle unterwirft sich der Parteiautorität und verleugnet so ihren eigenen literarischen Anspruch.

Nach dem Einmarsch der deutschen Truppen in Frankreich beginnt das Fluchtchaos der deutschen Emigranten aus Paris. Anna Seghers hält diese kafkaesken Erfahrungen in ihrem wohl besten und ehrlichsten Roman "Transit" fest. Dieser Roman wird 1944 in den USA veröffentlicht. In West-Deutschland erscheint die erste Auflage im Konstanzer Verlag Weller 1948. In diesem Werk schildert die Autorin die Flucht eines aus einem deutschen KZ entflohenen kommunistischen Arbeiters aus dem von den Deutschen besetzten Paris in das noch freie Südfrankreich. Dieses Werk trägt stark autobiographische Züge. Nur die Entscheidung des Arbeiters, in Frankreich zu bleiben und sich der französischen Résistance anzuschließen, entspringt dem kommunistischen Welt- und Wunschbild der Autorin. Sie selbst und ihre Familie retten sich auf einem Frachter nach Mexiko, da die USA die Einreise von Kommunisten nicht zulassen.

In Mexiko finden Anna Seghers und ihr Mann Anschluß an die deutschen Exilkommunisten, die unter der Führung des Politbüromitglieds Paul Merker (Dieser fällt nach seiner Rückkehr in die DDR in Ungnade und erhält acht Jahre Zuchthaus.) stehen und weiterhin die unfruchtbare Volksfrontpolitk propagieren und Andersdenkende ausgrenzen. (Zehl-Romero, S.82).

In Mexiko stürzt sich Anna Seghers in die schriftstellerische Arbeit. Sie schreibt Artikel und Aufsätze für die neu gegründete Zeitschrift "Das Freie Deutschland", aus der später das Zentralorgan der SED "Neues Deutschland" hervorgeht. Hier erscheinen Erzählungen wie "Das Obdach", "Ein Mensch wird Nazi" und "Drei Bäume" oder Aufsätze wie "Deutschland und wir" (1941), "Aufgaben der Kunst" (1944) und andere. 1942 wird in dem Exilverlag "El Libro Libre" (Das Freie Buch) ihr Roman "Das siebte Kreuz" in deutscher Sprache veröffentlicht. Der Roman "Die Toten bleiben jung", den sie 1944 beginnt, wird erst in Deutschland veröffentlicht, während ihre autobiographische Erzählung "Der Ausflug der toten Mädchen" (1946) in den USA erscheint. In Mexiko klärt sich auch ihr Verhältnis zum faschistischen und nachfaschistischen Deutschland. Anna Seghers vertritt als deutsche Schriftstellerin nicht die Kollektiv-schuldthese. Allerdings sieht sie die Notwendigkeit, den Prozeß der Umerziehung all der Deutschen, "die der Faschismus noch nicht zerstört, sondern erst beschädigt hatte," einzuleiten (Zehl-Romero, S.93) . Ein Hauptaugenmerk gilt es ihrer Ansicht nach auf die deutsche Jugend zu richten, deren moralische Werte zutiefst erschüttert sind.

Am 22. April 1947 erreicht Anna Seghers über New York und Schweden Deutschland und nimmt im Westberliner Stadtteil Zehlendorf ihren Wohnsitz. 1948 übersiedelt sie in die SBZ. Zu ihren Absichten äußert sie sich:

"Ich bin zurückgekommen, weil ich für die Menschen, die ich sowohl im Guten als auch im Schlechten am besten kenne, das meiste tun kann. Ich will durch die Bücher, die hier entstehen werden, verhindern helfen, daß die Fehler der Vergangenheit jemals wiederholt werden." (Zehl-Romero, S.94).

Diese Haltung wird jedoch schnell von der Parteipolitik der SED eingeholt und konterkariert. Anna Seghers wird zur politischen Funktionärin. Für sie gibt es kein Abweichen von der Parteilinie. Anna Seghers gesteht in einem Brief an Georg Lukács im Juni des Jahres 1948:

"Obwohl hier viele oder alle Menschen lieb und gut zu mir sind, habe ich doch manchmal das Gefühl, das ich vereise. Ich habe das Gefühl, ich bin in die Eiszeit geraten, so kalt kommt mir alles vor..." (Zehl-Romero,S.96).

Anna Seghers spürt genau die politische und geistige Lage in der SBZ. Aber ihre Zweifel werden durch Disziplin, Unterwerfung und Hoffnung auf Besserung zerstreut. Diese Verdrängungstechnik wird die Schriftstellerin immer wieder anwenden. Auch ihr literarisches Werk wendet sich zunehmend von der grauen Wirklichkeit der DDR und dem SED-Staat ab und richtet sich in einer idealistischen Welt ein, die den Prinzipien des sozialistischen Realismus gerecht wird und somit parteikonform und unkritisch zur Herrschafts-legitimation beiträgt oder sich in ferne Länder begibt nach Südamerika, Mexiko, Spanien, Frankreich und in das Prag Kafkas bis nach Äthiopien.

Zu den politischen Säuberungen in den fünfziger Jahren, zum Arbeiteraufstand vom 17. Juni 1953 hat Anna Seghers nie öffentlich Kritik geäußert.

Ihr werden im Laufe ihres literarischen Lebens zahlreiche Preise zuerkannt. Bereits 1947 erhält sie den Georg-Büchner-Preis der Stadt Darmstadt. 1951 wird ihr der Nationalpreis der DDR verliehen, und im selben Jahr wird sie mit dem Stalin-Friedenspreis geehrt. Seit 1952 sitzt sie dem Schriftsstellerverband der DDR vor. Diese Tätigkeit gibt sie 1978 nach schwerer Krankheit auf, bleibt jedoch dessen Ehrenvorsitzende. Das Jahr 1952 führt die Schriftstellerin auch nach Westdeutschland. Es finden Leseveranstaltungen in Bayreuth und München statt. 1957 werden in der DDR Schauprozesse gegen den Verleger Walter Janka und andere veranstaltet. Janka muß unschuldig ins Zuchthaus. Anna Seghers schweigt. 1959 wird ihr die Ehrendoktorwürde der Universität Jena verliehen. Ihr Roman "Die Entscheidung" wird veröffentlicht. Die DDR-Führung ehrt die Vorsitzende des Schriftstellerverbandes 1960 mit dem Vaterländischen Verdienstorden. Zwischen 1961 und 1962 macht Anna Seghers zwei Schiffsreisen nach Brasilien und Lesereisen nach Frankreich und in die Bundesrepublik. Nach dem Mauerbau vom 13. August 1961 fordert Günter Grass Anna Seghers auf, ihren politischen Einfluß gegen diese DDR-Politik geltend zu machen. Anna Seghers schweigt. 1963 unternimmt sie eine erneute Reise nach Brasilien. Ihr Erzählband "Die Kraft der Schwachen" erscheint 1965 und 1968 ein weiteres Werk: "Das Vertrauen". 1971 wird ihr der Nationalpreis der DDR zuerkannt. 1977 wird ihr unter großem Aufsehen in der westdeutschen Öffentlichkeit die Ehrenbürgerschaft der Johannes-Gutenberg-Universität Mainz verliehen. Eine noch größere Diskussion löst 1981 die Entscheidung ihrer Heimatstadt Mainz aus, der berühmten Schriftstellerin die Ehrenbürgerschaft der Stadt zu verleihen. Am 1. Juni 1983 stirbt Anna Seghers in Berlin im Alter von 83 Jahren. Ihr Mann Laszlo Radvanyi war bereits 1978 verstorben. Er wäre gerne mit ihr nach Brasilien ausgewandert, aber für Anna Seghers war dieser unkonventionelle Schritt in die Freiheit unmöglich.

Der Staat, für den sie ihr Leben lang kämpfte, den sie für das bessere Deutschland hielt, verdiente ihre Loyalität. Sie blieb loyal gegenüber der Partei, der Idee von einer Gesellschaft, die nur durch den Sozialismus garantiert wird. Sie blieb nach außen hin unberührt vom Schicksal der vielen Dissidenten, die Schreib- und damit Berufsverbot erhielten, die eingesperrt oder ausgebürgert wurden. Ihre Zweifel, ihre Kritik, ihre Hilfe für Freunde und Genossen, die in Ungnade fielen, fanden hinter den Kulissen statt - unmerklich, leise und vorsichtig. Ein öffentlicher Aufschrei, ein öffentliches Anmahnen der Freiheit des Denkens und Schreibens hätten, ihrer Überzeugung nach, nur dem Klassenfeind genützt. Aber auch ihr illusionäres Bild von der sozialistischen Wirklichkeit wäre zerstört worden. Diese Kraft konnte Anna Seghers nicht aufbringen. Das tragische Element ihrer Existenz als Schriftstellerin und Politikerin, aber auch als Mensch bestand darin, die Wahrheit schreiben zu wollen, ohne die Wahrheit zu schreiben, so wie es Arthur Koestler im Café "Mephisto" in Paris während des Exils formuliert hatte.

VI. Materialien

1. Der Nationalsozialismus

1.1 Staatsfeinde

"Staatsfeind ist heute jeder, der dem Volk, der Partei und dem Staat, ihren weltanschaulichen Grundlagen und ihren politischen Aktionen bewußt entgegenwirkt", erklärte der SS-Hauptsturmführer Alfred Schweder, und schlichteren Gestapo-Gemütern schilderte Kriminalkommissar Wendzio in einer internen Studie den Staatsfeind so: "Im einzelnen verstehen wird darunter Kommunismus, Marxismus, Judentum, politisierende Kirchen, Freimaurerei, politisch Unzufriedene (Meckerer), Nationale Opposition, Reaktion, Schwarze Front (Strasser, Prag), Wirtschaftssaboteure, Gewohnheitsverbrecher, auch Abtreiber und Homosexuelle (vom bevölkerungspolitischen Standpunkt Schädigung der Volks- und Wehrkraft, bei Homosexuellen auch Spionagegefahr), Hoch- und Landesverräter." Diesem Kunterbunt war laut Wendzio ein "gemeinsames Ziel" zu eigen; ihr Kampf richte sich "gegen die geistige und rassische Substanz des Deutschen Volkes."

Aus: Heinz Höhne, Der Orden unter dem Totenkopf, Die Geschichte der SS, München 1884, S.172-173.

1.2 Das Konzentrationslager

Das Konzentrationslager bildete das Zentrum des Himmlerschen Polizeistaates, es war die schweigende, allgegenwärtige Drohung, die jeden Deutschen konfrontierte. Das KZ oder (wie es in der Sprache der Offiziellen hieß) KL mit seinen elektrisch geladenen Stacheldrähten und seinen hölzernen Wachttürmen verlieh dem Kontrollsystem der

SS-geführten Polizei die düstere Realistik: Die beiden Buchstaben sollten die Deutschen in den Bann schlagen, sollten jeden Oppositionsgeist lähmen. "Der Hauptzweck des KL", so umschreibt es Eugen Kogon, "war die Ausschaltung jedes wirklichen oder vermuteten Gegners der nationalsozialistischen Herrschaft. Absondern, diffamieren, entwürdigen, zerbrechen und vernichten - das waren die Formen, in denen der Terror in Wirksamkeit trat."

Die SS-Herren der KZ-Welt hatten denn auch bewußt darauf verzichtet, die Lager zu Stätten politischer Umerziehung werden zu lassen. Gutgläubige Nationalsozialisten mochten gelegentlich meinen, in den Konzentrationslagern werde der politische Gegner umgeschult und nach einer Probezeit wieder entlassen; in Wirklichkeit waren die KZ von Anbeginn als Werkzeuge des Terrors und der Regime-Erhaltung geplant worden. Bis in die ersten Kriegsjahre, als die Lager zu Produktionsstätten kriegswirtschaftlich wichtiger Sklavenheere wurden, hatten die KZ die Aufgabe, zu schrecken und abzuschrecken. Die Knochenmühlen von Dachau, Buchenwald und Sachsenhausen sollten die Deutschen lehren, wohin es führte, gegen die Führerdiktatur aufzubegehren.

Aus: Heinz Höhne, Der Orden unter dem Totenkopf, Die Geschichte der SS, München 1984, S.188.

1.3 Die Strafen im Konzentrationslager

Die Flucht von Häftlingen hatte für das gesamte Lager, besonders in den ersten Jahren, jedesmal schreckliche Folgen. Sie wurde deshalb von den Politischen als reine Individualaktion, weil zwecklos und entschieden nachteilig für die Gesamtheit, bis zu dem Zeitpunkt abgelehnt, als sie sich in ganz wenigen Fällen wegen Annäherung der Fronten für bestimmte Personen, die im Einvernehmen mit der illegalen Lagerleitung handelten, als notwendig erwies...

Wenn ein Häftling aus dem Lager geflohen war, was gelegentlich, aber nur sehr selten, auf die abenteuerlichste Weise gelang, in den meisten Fällen jedoch schon nach Stunden fehlschlug, mußte das Lager immer strafstehen... Im Winter 1937, als das gesamte Lager 18 Stunden bis zum nächsten Mittag auf dem Appellplatz stand, wurden gegen neun Uhr früh die beiden politischen Häftlinge Oskar Fischer und Hans Bremer ans Tor gerufen. Der Kommandant (des KZ Buchenwald) Koch, der Lagerführer Rödl und einige SS-Leute verschwanden mit ihnen im Wald. Wenige Minuten später krachten Schüsse. Gegen zwölf Uhr mittags wurden die beiden Geflüchteten, deretwegen das Strafstehen angeordnet war, aufgegriffen und erschossen. Die Leichen wurden als abschreckendes Beispiel von Block zu Block getragen. Einige Wochen später sah der Kalfaktor des 2. Lagerführers Weißenborn auf dessen Schreibtisch einen Totenschädel. An den typischen, etwas nach vorn stehenden Vorderzähnen war leicht zu erkennen, daß es der Kopf Fischers war - die Siegestrophäe eines SS-Kopfjägers...

Aus: Eugen Kogon: Der SS-Staat, München, 1985, S.132 f.

1.4 Die Arbeiterschaft im Nationalsozialismus

Bis 1935/36 sind aufgrund der Arbeitsbeschaffung viele Arbeiter bereit, auf wertlos gewordene Freiheitsrechte zu verzichten. Es ist wie im Bismarck-Reich: Was die Arbeiter an politischer Freiheit verlieren, gewinnen sie an sozialer Sicherheit. Daher auch wird die Abschaffung des Streikrechts von vielen Arbeitern nicht beachtet.
Seit etwa 1936 wird die Arbeiterschaft zunehmend, seit 1937 fast gänzlich, bis auf einen Restbestand, von Hitler gewonnen - durch erreichte Vollbeschäftigung. Für die Arbeiter steht, im Vergleich zu früher, im Vordergrund: Sicherheit des Arbeitsplatzes, Kündigungsschutz, bezahl-

ter Urlaub, bessere soziale betriebliche Einrichtungen. Unter Hitler verlieren die Arbeiter einst gesetzlich verankertes Koalitions- und Streikrecht, Tarifhoheit, betriebliche Mitbestimmung, aber die einst so machtvoll organisierte Arbeiterschaft begehrt nirgendwo sicht- und fühlbar gegen das NS-Regime auf. Es gibt zwar einzelne Arbeitsniederlegungen, aber keine ausgedehnten, größere Schichten erfassenden (wilden) Streiks, keine Zusammenrottungen, keine illegalen Betriebsaktionen unter Führung der jetzt entmachteten Gewerkschaftsfunktionäre, denn diese haben, in Sicht der Arbeiter, vor 1933 versagt. Die Beseitigung von Massenarbeitslosigkeit und Elend wird die entscheidende Voraussetzung für die Stabilisierung des NS-Regimes. Parallel dazu wird der Begriff des "klassenbewußten Proletariers" subjektiv gegenstandslos...

Im Frühjahr 1939 melden SPD-Vertrauensleute betroffen: "Welcher Wandel... in der Psyche des Arbeiters eingetreten ist, beweist die an sich unverständliche Tatsache, daß die Arbeiter es als Kränkung empfinden, wenn sie etwa vor Ablauf von 10 Stunden von der Arbeit nach Hause geschickt werden." Die Exil-SPD zitiert 1938 auf Politik angesprochene Facharbeiter: "Das ist alles schön und gut, was Du da erzählst. Wir geben auch zu, daß heute vieles faul ist. Aber materiell ist es uns nie so gut gegangen wie jetzt, und das ist auch was wert."...

In der entscheidenden Bewährungsprobe des Hitler-Kriegs stehen die Arbeiter, in beispielloser Pflichterfüllung, bis 1945 zum Dritten Reich - nicht nur wegen des NS-Terrors. Dieser NS-Staat wird vom Arbeiter weithin auch als sein Staat empfunden. Wenige Widerständler und Streikaktionen, so unter Ruhrkumpels, Hamburger Werft- oder Dortmunder Hafenarbeitern, bleiben Randerscheinungen. Als einst populäre Gewerkschaftsführer, etwa Jakob Kaiser (1888-1961) und Wilhelm Leuschner (1890-1944), im Krieg eine gewerkschaftliche Widerstandsbewegung aufbauen wollen, stoßen sie bei Arbeitern auf Interesselosigkeit oder sogar schroffe Ablehnung. Als der Reichswehrminister a.D. Gustav Noske (1868-1946) von SPD-Genossen 1944 zur

Mitwirkung am Widerstand aufgefordert wird, sagt Noske ab: "Die Arbeiter werden sich gegen euch stellen, denn Hitler hat ihnen gegeben, was wir ihnen versprochen hatten."

Aus: Hans-Jürgen Eitner, Hitlers Deutsche, 272f.

2. Widerstand

Eine einheitliche Widerstandsbewegung gibt es nicht. Viele Deutsche werden von 1933 bis 1938 zwischen Bewunderung und Abscheu für die Taten und Untaten des NS-Regimes hin- und hergerissen. Es herrscht ein Neben- und Miteinander von Konformität und Nonkonformität. Es gibt eine Skala von Verhaltensweisen zwischen Zustimmung und Widerstand. Kein System kann alle Normverletzungen ahnden. Im Dritten Reich gibt es Bereiche, die im allgemeinen unterhalb der polizeilichen "Eingreifschwelle" liegen... Das Leben unter Hitler ist weder einfach regimekonformer "NS-Alltag", noch ausschließlich "Alltag der Entrechteten". Statt dessen gibt es das vielfach uneindeutige Alltagsleben der "kleinen Leute", das sich zwischen aktivem Konsens, Anpassung und abweichendem Verhalten durchlaviert... Die Übergänge fließen zwischen privatem Nonkonformismus und innerer Emigration, zwischen passivem Widerstand hilflosen Widerstrebens und aktiver Tätigkeit mutigen Widerstehens. Es gibt eine schwer erforschbare Grauzone des lose oder gar nicht organisierten, spontanen Protests zwischen offensivem Nonkonformismus und defensiver Verweigerung: demonstrativer Besuch der Gottesdienste mißliebiger Pfarrer, Nichtentsendung von Sohn oder Tochter in HJ und BdM, mangelhafte Hausbeflaggung, Spaziergänge bei Hitler-Reden, Verweigerung von WHW-Spenden. Es gibt, von vielen Ungenannten, stille Hilfe für politisch und rassisch Verfolgte - unter eigener Lebensgefahr. NS-Gegner Ernst Niekisch blickt 1958 zurück: "So verrückt waren die Umstände, daß man schon wie ein politischer

Held handelte, wenn man die Vorzimmer einer Behörde mit dem Gruß `Guten Tag` statt mit dem Hitlergruß betrat"...

Das Spektrum des Widerstandes umfaßt organisierte und nichtorganisierte Kräfte der Arbeiterbewegung, illegale Jugendgruppen gegen die HJ, stockkonservative und bürgerliche Kreise, anfängliche Symphatisanten des Nationalsozialismus, sogar hohe NS-Funktionäre. Es fehlen Kaufleute, Fabrikanten, Bankiers, selten auch Lehrer und Hochschullehrer...

Wieviele Deutsche zum Widerstand zählen, ist unbekannt. Dafür zwei Anhaltspunkte. Erstens: Ohne Gerichtsverfahren sind 1933-1944 zeitweilig oder dauernd in KZs (ohne Vernichtungslager und Ghettos) mindestens 1,1 Mio. Menschen, darunter wenigstens 100.000 Deutsche. Zweitens: Aufgrund regulärer Gerichtsurteile werden 1933-1944 11.881 Todesurteile vollstreckt, darunter sehr viele für politische Delikte.

Selbst wenn im Dritten Reich aus politischen oder religiösen Gründen womöglich 40.000 Deutsche umgebracht oder hingerichtet worden sein sollten, wäre dies eine winzige Minderheit unter den 90 Mio. Deutschen. Aktiver Widerstand ist die Ausnahme und insofern ein Elitephänomen. Um so höher stehen Einsamkeit, Opfermut, Ethos dieser isolierten, ganz auf sich gestellten, von Denunzianten umlauerten Kämpfer gegen Hitler. Zudem vom Ausland ignoriert, stellen sie sich unter äußerster Gefahr, mit minimalen Erfolgsaussichten, der NS-Diktaur entgegen und müssen meist schrecklich dafür zahlen.

Richard Löwenthal, Jahrgang 1908, Emigrant 1935, urteilt 1983 über die deutschen Widerstandskämpfer: "Sie alle haben mitgeholfen, über die Jahre der Barbarei hinweg die moralischen und kulturellen Traditionen zu bewahren, die ein menschenwürdiges Deutschland braucht"... Und 1986 im Blick speziell auf die linken Gegner des NS-Regimes melancholisch: "...Sie hatten nie eine Chance, den Kampf gegen die siegreiche Gewaltherrschaft zu gewinnen - nicht einmal die geringe Chance der Männer des 20. Juli."

Kein Außenstehender oder Nachgeborener hat das Recht,

sich darüber zu entrüsten, daß die Deutschen im Dritten Reich wenig Widerstand leisten. Der rigorose Ethiker Immanuel Kant (1724-1804) betonte, daß keiner zu mehr verpflichtet sei, als er zu leisten vermöge: Ultra posse nemo obligatur. Hier beginnt das Märtyrertum, und Märtyrer sein kann nie die Verpflichtung sein. Niemand hat das moralische Recht, einem Mitmenschen vorzuwerfen, dieser sei kein Held oder Märtyrer gewesen.

Aus: Hans-Jürgen Eitner, Hitlers Deutsche, S.409 - 412.

2.1 Die Kommunisten

Die KPD hatte Ende 1932 5,9 Mio. Wähler und rd. 360.000 Mitglieder und war damit nach NSDAP und SPD drittstärkste Partei. Hitlers Weg zur Macht war durch den verbissenen Kampf der KPD gegen die SPD erleichtert und indirekt gefördert worden. Die NSDAP wurde bis 1932 unterschätzt, die SPD als "Hauptfeind" bekämpft und als "Sozialfaschismus" diffamiert - gemäß Moskauer Befehlen. Wie die SPD, ist auch die KPD weder auf aktiven, gewaltsamen Massenwiderstand, noch auf konspirative Untergrundtätigkeit organisatorisch vorbereitet. Im Einklang mit Moskau erwartet 1932/33 die KPD-Führung, ein Kanzler Hitler werde das Reich derart herunterwirtschaften, daß danach in einem bürgerkriegsähnlichen Chaos, fast zwangsläufig, die revolutionäre Saat der KPD (und UdSSR) in Deutschland aufgehen werde.

Nach dem Reichstagsbrand am 27. Februar 1933 wird die KPD verboten und zerschlagen. Die Berliner KPD-Reichszentrale "Karl-Liebknecht-Haus" wird am 6. März 1933 unter Hissen der Hakenkreuzfahne umbenannt in "Horst-Wessel-Haus". Vielleicht 30.000 illegal tätige Kommunisten gehorchen den Direktiven der Inlandsleitung in Berlin und der Auslandsleitung in Prag/Paris. Nach Verhaftungswellen dezimiert, existieren seit 1938 nur noch kleine kommunistische Zirkel. Viele Kommunisten werden zu "überzeugten

Anhängern" Hitlers.... Stalins Terror dürften mehr KPD-Führer zum Opfer fallen als dem Hitlers. Mit dem Hitler/Stalin-Pakt vom 23.August 1939 nebst Polen-Klausel hilft Stalin entscheidend mit, die Weichen für den Ausbruch des Zweiten Weltkrieges zu stellen.

Nach dem Überfall auf die UdSSR am 22. Juni 1941 bilden sich wieder stärkere KPD-Widerstandsgruppen; sie werden bis 1945 zerschlagen. Die KPD-Widerstandszellen entfalten stellenweise eine gewisse Agitation und Sabotage, bleiben aber wegen ihres doktrinären Sektierertums isolierte Randerscheinungen. Vor allem stößt andere Widerstandskämpfer ab, daß die Kommunisten, mit all ihrem Opfermut, nur die braune Diktatur durch eine rote ersetzen wollen.

Ein Monopol oder eine Vorherrschaft des kommunistischen Widerstandes gibt es nicht. Der nach 1945 oft legendär stilisierte Kampf der Kommunisten, dem viele (geschätzt 20.000) KPD-Mitglieder zum Opfer fallen, vollzieht sich meist unter den wachsamen Augen der Gestapo: sie bleibt, teils durch Verräterei, teils durch infiltrierte Agenten, ständig über den KPD-Untergrund gut unterrichtet.

Aus: Hans-Jürgen Eitner, Hitlers Deutsche, S.398-399.

2.2 Deutschland-Berichte der SOPADE 1934-1940

Risiken des kommunistischen Widerstands

Die großen Gefahren, die in Deutschland mit jeder illegalen Arbeit verbunden sind, bedingen die schärfste Abgrenzung gegen jede andere illegale Gruppe und gegen jeden einzelnen, der sich zur Mitarbeit bereit erklärt, ohne daß seine politische Vergangenheit und seine frühere politische Tätigkeit die vollständige Gewähr für seine Zuverlässigkeit bieten. Hinzu kommt noch, daß die Prinzipien der illegalen Arbeit in den einzelnen Gruppen außerordentlich verschie-

den sind. Die Kommunisten arbeiten mit einem rücksichts-
losen Einsatz ihres Menschenmaterials. Sie opfern auch
vielfach heute noch bedenkenlos ihre illegalen Mitarbeiter,
wenn sie sich davon einen Augenblickserfolg propagandisti-
scher Art versprechen...

Die Zusammenarbeit mit den Kommunisten auch nur im
Rahmen örtlicher Verbindung wird von den sozialdemokratischen Gruppen fast durchweg auch mit der Begründung abgelehnt, daß die Spitzelgefahr bei dieser Zusammenarbeit so groß ist, daß jede derartige gemeinsame Arbeit
beinahe automatisch eine Gefährdung unserer Genossen
zur Folge hat. Diese Spitzelgefahr besteht auch heute noch.

Politische Differenzen

Zu diesen organisatorischen Gründen gesellen sich die
politischen. Das Zentralkomitee der Kommunistischen Partei Deutschlands verfolgt in seinen illegalen Veröffentlichungen und in seinen Verlautbarungen im Ausland gegenüber der Sozialdemokratie die alte Politik. Für das Zentralkomitee ist die Vernichtung der Sozialdemokratie auch jetzt
noch die Voraussetzung für die Überwindung des Faschismus, und es betrachtet die augenblickliche Einheitsfront-
kampagne, wenigstens in Deutschland, nur als ein Manö-
ver, um die sozialdemokratischen Massen zu gewinnen...

Aus: Deutschland-Berichte der SOPADE, 1934-1940, 7
Bde., Nachdruck Frankfurt/M. 1980, Bd. 1, S. 458-461.

Anm.: SOPADE = Sozialdemokratische Partei Deutschlands

3. Die sozialistische Kunsttheorie

Sozialistischer Realismus, Parteirichtlinie der KPdSU für
Literatur, bildende Kunst und Musik sowie für Literatur,
Kunst- und Musikkritik, die mit Beschluß des Zentralkomitees

vom 23. April 1932 festgelegt wurde; für den Bereich der Literatur ging der Begriff des sozialistischen Realismus nach Auflösung aller literarischen Gruppierungen (1932) auf dem ersten Allunionskongreß der sozialistischen Schriftsteller (1934) als Definition in die Satzung des sowjetischen Schriftstellerverbandes ein: "Der sozialistische Realismus als grundlegende Methode der sowjetischen künstlerischen Literatur und Literaturkritik fordert vom Künstler eine wahrhafte, historisch konkrete Darstellung der Wirklichkeit in ihrer revolutionären Entwicklung. Hierbei müssen Wahrheit und historische Konkretheit der künstlerischen Darstellung der Wirklichkeit in Abstimmung mit der Aufgabe der ideellen Umformung und Erziehung der Werktätigen im Geiste des Sozialismus gebracht werden". Diese Definition... begreift Kunst jenseits ästhetischer Kategorien und künstlerischer Freiheit als politisch-ideologisch bestimmten Gebrauchsgegenstand. Literatur und Literaturkritik werden als Mittel zur <Umformung und Erziehung der Werktätigen> im Sinne des Marxismus-Leninismus... eingesetzt. Typisch für literarische Werke des sozialistischen Realismus sind der positive Held sowie Fortschrittsglaube hinsichtlich der Erreichung eines noch zu errichtenden gesellschaftlichen Idealzustands. Dabei erfährt der Realismusbegriff seine direkte Umkehrung. Realität und Wirklichkeiten lösen sich auf in Idee und Ideologie, deren Normen auch für die Literatur durch Satzung und Gesetz vor Abweichungen geschützt sind. In diesem Sinne hat A.D. Sinjawski in seinem Essay "Was ist sozialistischer Realismus?" ...darauf hingewiesen, daß der sozialistische Realismus seine Wurzeln nicht im Realismus des 19. Jhs. hat, sondern Ähnlichkeiten mit klassizistischen Normen des 18.Jhs. aufweist. - Witz und Satire, Humor und Ironie, Absurdes und Groteskes, Experimentelles sowie der Begriff des offenen Kunstwerks werden durch den sozialistischen Realismus negiert bzw. qua definitionem ausgeschlossen.

Aus: Der Literaturbrockhaus, Dritter Band, 1988, S.411.

Literaturverzeichnis (Auswahl)

1. Texte von Anna Seghers

Anna Seghers, Das siebte Kreuz, Frankfurt a.M. 1989 (30. Auflage), Sammlung Luchterhand 108; nach dieser Ausgabe wird zitiert;

Anna Seghers: Glauben an Irdisches, Essays aus vier Jahrzehnten, Reclams Universalbibliothek, Bd. 469, Leipzig 1974

2. Historischer und sozialgeschichtlicher Hintergrund

Deutschland-Berichte der SOPADE, 1934-1940, 7 Bde., Nachdruck, Frankfurt a.M. 1980

Eitner, Hans-Jürgen: Hitlers Deutsche, Das Ende eines Tabus, Gernsbach 1990

Grunenberg, Antonia: Antifaschismus - ein deutscher Mythos, in: Die Zeit Nr.18 vom 26.4.1991

Heer, Hannes: Thälmann, rororo monographien, Reinbek bei Hamburg 1975

Höhne, Heinz: Der Orden unter dem Totenkopf, Die Geschichte der SS, Gondrom Verlag, Bindlach 1990

Horkheimer, Max: Gesellschaft im Übergang, Frankfurt 1981

Kogon, Eugen: Der SS-Staat, Das System der deutschen Konzentrationslager, Heyne Verlag, München 1985

Kunstamt Kreuzberg und Institut für Theaterwissenschaft der Universität Köln (Hg.): Weimarer Republik, Elefanten Press, Berlin (West) und Hamburg 1977

Longerich, Peter: Die braunen Bataillone, Geschichte der SA, C.H.Beck, München 1989

Reuth, Ralf Georg: Goebbels, Piper, München 1990

Sofsky, Wolfgang: Die Ordnung des Terrors, Das Konzentrationslager, S. Fischer Verlag, Frankfurt a.M. 1993

Thälmann, Ernst: Für ein freies sozialistisches Deutschland, Auswahl der Reden und Schriften, Bd.III, Stuttgart 1977

Türke, Christoph: Martyrium, in: "Die Zeit" Nr.14 vom 1.4.1994

3. Literaturgeschichtlicher Hintergrund

De Bopp, Marianne, O.: Die Exilsituation in Mexiko, in: Durzak, Manfred (Hg.): Die deutsche Exilliteratur 1933-45, Reclam, Stuttgart 1993

Lukács, Georg, Becher, Johannes R., Wolf, Friedrich,u.a.: Die Säuberung, Moskau 1936: Stenogramm einer geschlossenen Parteiversammlung, Hg.: Reinhard Müller, rororo aktuell, Reinbek bei Hamburg 1991

Lurker, Manfred: Wörterbuch der Symbolik, Stuttgart 1983

Rohrwasser, Michael: Der Stalinismus und die Renegaten, Die Literatur der Exkommunisten, Metzler Studienausgabe, Stuttgart 1991

Rühle, Jürgen: Literatur und Revolution, Köln 1960

Walter, Hans-Albert: Deutsche Exilliteratur 1933-1950, Bd.1: Bedrohung und Verfolgung bis 1933, Darmstadt, Neuwied 1972

Sander, Hans-Dietrich: Geschichte der Schönen Literatur in der DDR, Verlag Rombach, Freiburg i.B. 1972

4. Literatur zur Autorin Anna Seghers und ihrem Werk

Batt, Kurt: Anna Seghers, Versuch über Entwicklung und Werke. Frankfurt a.M. 1980

Brandes, Ute: Anna Seghers, Berlin Colloquium-Verlag 1992

Haas, Erika: Ideologie und Mythos, Studien zur Erzählstruktur und Sprache im Werk von Anna Seghers, Stuttgart 1975

Hermlin, Stephan / Mayer, Hans: Ansichten über einige neue Schriftsteller und Bücher, Wiesbaden 1947

Reich-Ranicki, Marcel: Romane von gestern - heute gelesen, Frankfurt 1990

Roos, Peter und Friderike J. Hassauer-Roos (Hg.): Anna Seghers, Materialienbuch, Sammlung Luchterhand 242, Frankfurt a.M. 1977

Sauer, Klaus: Anna Seghers, Autorenbücher 9, Verlag C. H. Beck, München 1978

Schrade, Andreas: Anna Seghers, Sammlung Metzler, Stuttgart 1993

Steinbach, Dietrich (Hg.): Editionen für den Literaturunterricht, Materialien, Anna Seghers >Das siebte Kreuz<, ausgewählt und eingeleitet von Uwe Naumann, Ernst Klett Verlag, Stuttgart 1989

Wagner, Frank: "Der Kurs auf die Realität", Das epische Werk von Anna Seghers (1935-1943), Berlin/DDR 1978

Walter, Hans-Albert: Eine deutsche Chronik, Das Romanwerk von Anna Seghers aus den Jahren des Exils, in: Anna Seghers aus Mainz, Mainz 1973

Zehl-Romero, Christiane: Anna Seghers, rororo monographie, Reinbek bei Hamburg 1993

5. Literatur zum Roman "Das siebte Kreuz"

Beiken, Peter: "Das siebte Kreuz" 1942, in: Lützeler, Paul Michael (Hg.): Deutsche Romane des 20. Jahrhunderts, Neue Interpretationen, Königstein/Ts. 1983

Diersen, Inge: Anna Seghers: "Das siebte Kreuz", in: Weimarer Beiträge 18 (1972), H. 12

Hilzinger, Sonja (Hg.): >>Das siebte Kreuz<< von Anna Seghers, Texte, Daten, Bilder, Sammlung Luchterhand 918, Frankfurt a.M. 1990

Roggausch, Werner: Exil, in: Roos/ Hassauer-Roos (Hg.): Anna Seghers, Materialienbuch, S.67

Winkler, Lutz (Hg.): Antifaschistische Literatur, Bd. 3: Prosaformen, Scriptor-Verlag, Königstein 1979, S.178f.

6. Didaktische Literatur

Ackermann, Michael: Schreiben über Deutschland im Exil, Irmgard Keun: Nach Mitternacht, Anna Seghers: Das siebte Kreuz, Stuttgart 1986

Spieß, Bernhard: Das siebte Kreuz, Frankfurt 1993

7. Bibliographien

Batt, Kurt: Über Anna Seghers, Ein Almanach zum 75. Geburtstag, Berlin, Weimar 1975

Behn-Liebherz, Manfred: Auswahlbibliographie zu Anna Seghers 1974-1981, in: Anna Seghers, 2. Auflage: Neufassung, Text und Kritik Heft 38, München 1982

Jahrbuch der Anna-Seghers-Gesellschaft: Das Argonautenschiff (laufende Bibliographie ab 1992)